01

菜鳥鍊金術師開店營業中

Management of Novice Alchemist Get My Shop!

いつきみずほ
Presented by itsuki mizubo
ふーみ
Illustration by fuumi

Kadokawa Fantastic Novels

插畫／ふーみ

Contents

Management of Novice Alchemist Get My Shop!

第一章

Get My Shop!

得到一間店！

01

Management of
Novice Alchemist Get My Shop!

Prologue

序幕

「…………」

眼前的光景讓我啞口無言。

已經腐爛的木製柵欄。

長滿雜草的庭院。

感覺隨時會垮掉的牆壁跟朦朧不清的窗戶。

「鍊金術」一詞意味著國內數一數二的菁英，但寫著這三個字的招牌卻歪歪斜斜的，幾乎要從屋頂上脫落下來。

「這裡就是我的新天地……？」

我成功克服好幾次艱難的測驗，才終於得到國家鍊金術師的身分。

之後就在師父的推薦之下得到屬於自己的店面，滿懷期待地千里迢迢從王都來到這裡。

這段路程耗費了大約一個月的時間。

可是——

「……哪有這樣的啊～」

不對，我本來就覺得不太對勁了。

雖然店面是位在偏僻的鄉下小鎮，卻只需要少少的一萬雷亞就能買下它。

在王都租一個小套房兩個月，都還不一定比這個價格低。

差不多就是這麼便宜。

只不過這是扣掉國家補助款的價格，所以原本應該還會再貴一點，但還是算很便宜。

——只屬於自己的店面——

我的確有一部分是因為這種讓人聽了很心動的話上鉤的。

的確是這樣沒有錯，可是我本來不是打算來這種地方啊。

我本來的計畫是在都市找間店工作一段時間鍛鍊技術，順便存點錢。

然後再用這些錢找個不錯的小城市開一間氣氛舒適的小店。

我沒有想要賺大錢，過奢華的生活。

只要可以多少賺點錢，回報以前照顧過我的每一個人就夠了。

但是，我現在為什麼會提著少少的行李，呆站在這種偏僻的小城鎮——不對，是偏僻的小村莊裡呢？

這整件事的開端要從大約一個月前開始說起……

Episode 1

畢業了！

王立鍊金術師培育學校。

這間學校是這個國家唯一可以得到國家鍊金術師資格的學校。

一個人只要能從這間學校畢業，成為正式認可的鍊金術師，就不需要再煩惱自己的人生了。

一輩子都可以過著衣食無缺的豐饒生活。

但也因為這樣，競爭率非常高。光是想就讀這間學校就有一定難度，進去之後想要順利畢業更是難上加難。

王立鍊金術師培育學校就是如此充滿艱難關卡的一間學校。

其實鍊金術師本來就是菁英的代名詞。

鍊金術師有能力製作日常生活不可或缺的各種鍊金術製成的鍊藥劑跟鍊器，而這類東西總是供不應求。

再加上國家會出手管制，不能過分拉低買賣價格。

所以用鍊金術製造的商品存在非常驚人的淨利率，而且只要選對製造的商品，就不需要擔心賣不出去。

簡單來說，就是很好賺。

因此只要當上鍊金術師，就能一輩子不愁吃穿——甚至不需要拚死拚活地工作，也能賺到足夠的生活費。

另外，王立鍊金術師培育學校也有個特色，就是只要付出努力，任何人——不用說平民，連孤兒都有辦法進去就讀。

入學考試需要的必備知識可以透過教科書學習，那些教科書也只要經過申請手續，就能免費借閱。

而且參加考試不需要付費。

只是如果是文盲就很麻煩了。不過，真的需要的話也是可以在孤兒院學習識字，所以這方面一樣能靠自身的努力來補強。

還有，學業成績優秀的人不只可以減免學費，還可以領獎學金，甚至每次考試都有機會拿獎勵金。就某種意義上來說，學校裡是個很完美的「只要認真讀書就好」的環境。

但是，也因為校內環境充滿福利，而讓進入這間學校的條件變得非常嚴苛。

成為鍊金術師幾乎是平民跟孤兒唯一可以出人頭地的途徑，所以有很多人都想來就讀這間學校，而考試內容當然也不簡單。

再加上有優秀家教指導的貴族也會來參加考試，不付出超乎常人的努力，根本不可能在這場競爭中脫穎而出。
而且就算好不容易進到培育學校，也還不能鬆懈。
學校每四個月都會舉辦一場考試。
要是成績沒有達到一定標準，就會直接被退學。
當然，即使沒有達標的學生是貴族，校方也完全不會安排重考。
據說在這樣的嚴苛條件下，只有不到十分之一的人能夠順利參加五年後的畢業典禮。

而我——珊樂莎．菲德，今天就要從這間學校畢業了。
哎呀～一路上真的吃了不少苦啊！
問我畢業感不感動？
我才沒空想那種事情。
畢竟一直到昨天都還在忙畢業考。
而公布考試成績的時間是今天早上。
萬一沒有及格，就得面對明明今天特地來學校，卻沒辦法參加畢業典禮的惡夢。
我不知道時程是誰安排的，但也沒必要安排成這樣吧。
雖然好像也從來沒有人在畢業考才不及格。

因為畢業考會不及格的人一定連更早之前的考試都考不過，直接遭到校方退學。

除非心情異常鬆懈，不然通常只要想像畢業典禮那天可能只有自己被留在教室裡的景象，就會比平常的考試還要更用心。

頂多就是臨時生病比較危險？但大家當然也知道要避免在重要時刻生病，會很努力保持身體健康。要是不太放心，也會選擇在畢業考前請假一段時間來休養。

而我當然也是拚了命地在調養身體！

最後我領到了畢業證書跟最後一次的考試獎勵金，沒有枉費我一直以來的努力。

嗯，真是太好了。

回想起來，自從八歲那年因為父母意外雙亡而被送進孤兒院以後，我就把做真正必要的工作以外的時間全拿來念書，有如在逃避現實。

我這樣是給孤兒院的人添了不少麻煩，但大家都知道一種潛規則——也就是要一起支持想就讀鍊金術師培育學校的孩子達成夢想，所以沒有人責備我。

相對的，也存在一種等我順利當上鍊金術師，就要捐錢報答他們的潛規則就是了。

實際上也是因為有孤兒院出身的鍊金術師定期捐款，我們才不需要過上貧困的生活。

之後也不枉費我花了龐大時間念書，在十歲的時候順利用以平民而言是非常優秀的成績進入培育學校，還得到減免學費、領獎學金跟住學校宿舍的資格，離開了孤兒院。

進到培育學校以後，我把所有時間都花費在打工跟念書上。

也幸好我是被鍊金術師開的店錄取，可以拜店長為師。

這讓我打工的時間也等同是在精進自己，就這麼鍛鍊出足以拿到考試獎勵金的能力。

雖然很可惜只有拿到少少幾次第一名，但幸好排名比我高的人都是貴族。

問我為什麼說「幸好」？因為學校發放獎勵金有一種應該說是慣例？還是傳統？的東西。

通常考試獎勵金會發放給前三名的學生。

如果校方徹底遵守這個規則，我拿得到的獎勵金應該只有現在的一半左右？

不過，學校有種類似「貴族義務」的傳統，說進到前三名的貴族要主動放棄領獎勵金。乖乖收下獎勵金的話，很可能會被人指責：「一個貴族怎麼好意思領獎勵金？」

而被貴族放棄的獎勵金，就會改發給後面名次的人。

都是多虧學校有這樣的傳統，我才有辦法在大多數考試領到獎勵金。

其實是沒有規定貴族一定要遵循這種傳統，但他們似乎會顧慮貴族的名譽跟面子。

如果是比較低階的貴族就比較辛苦了，搞不好還會因為這樣變得比有錢的平民缺錢。

我是滿感謝學校有這種傳統的。

這讓我在畢業的時候，已經有超過五百萬雷亞的存款。

一般平民一年還賺不到五十萬雷亞，所以我的存款是一般人年收入的十倍以上！

嗯，我自己都覺得我很拚！

畢竟就算有一半以上是獎學金跟獎勵金，可是其他都是我靠打工賺來的薪水！

雖然住學校宿舍不用付住宿費跟餐費，但是要運用上課跟念書以外的空檔賺到這麼多錢，真的——真的耗了我不少心力。

我很感謝師父給我的日薪幾乎是平民工作一整天下來的薪水。師父是看在我是鍊金術師見習生，才願意給這麼破天荒的價碼。

而且打工工時這麼短的見習生就能賺這麼多，正式當上鍊金術師以後一定賺翻天了！

而我從今天開始，就是被正式認可的鍊金術師！

我看著從口袋拿出的某個東西——也就是剛才在畢業典禮拿到的「鍊金執照」。

它看起來像是很薄的金屬，卻又是一種很輕，還很柔軟的奇妙物質。

上面刻著鍊金術師的標誌跟我的名字，還有王立鍊金術師培育學校的畢業證明。

這張執照甚至有記錄我的魔力紋理，如果是我以外的人碰到它，所有顯示在上面的資料都會消失。就某方面而言，這種構造也可以說是鍊金術造就的傑作之一。

我手摸著臉頰，壓抑自己高興到忍不住想發出呵呵笑聲的衝動。

畢竟一個人站在大門前面傻笑滿詭異的。

……一個人。

對，我身邊沒有其他人。

畢業典禮已經順利落幕，準備迎接嶄新的未來。

不過，我卻是孤伶伶地站在校門口。

哎呀～因為我這五年來真的把所有時間都用在打工跟念書嘛！

所以才會都準備離開學校了，卻沒半個人來跟我打招呼。

而我也沒有認識哪個想特別去打招呼的人。

明明附近有捨不得離開前輩跟後輩的畢業生，也有畢業生跟來接自己的人聊得有說有笑的，卻只有我身邊的氣氛截然不同。

因為沒有人過來找我。

我……我才沒有覺得很孤單！

——不對，其實我還是覺得有點孤單。

畢竟我幾乎沒有朋友。

但沒朋友的原因就出在我自己身上，也怪不了誰。

果然老是顧著讀書，都不跟其他人說話的話，根本交不到朋友。

不，呃，只是幾乎沒朋友而已，不是真的沒半個朋友。

其實一直到去年都還有兩位很照顧我，對我很友善的前輩在。

也因為那兩位前輩，認識了一位後輩。

但兩位已經在去年畢業的前輩現在去其他城鎮工作了，不在王都。

後輩則是很不幸地從幾天前開始身體不舒服，沒有參加畢業典禮。

後輩雖然有說：『我絕對會去參加畢業典禮！』可是後輩在畢業典禮結束後不久就要面對定期考試。

我不想害人因為參加畢業典禮考不及格，所以有對後輩強調：『不可以來畢業典禮！先休養好身體比較重要！』

畢竟在這裡考試不及格對人生的影響可是大到難以想像。

「嗯……還是先走好了。」

只有自己是這種氣氛當中的異類，實在是有點不自在。

會感覺偶爾有人用狐疑的視線看著我，鐵定不是我的錯覺。

我回過頭，仰望已經待了五年的學校。

這幾年發生了不少事情。

雖然大部分時間都在念書，但也曾遇過開心的事情。

在這裡的校園生活只要有認真讀書，就不用愁吃穿，整體來說算是還不賴。

不過，未來的路就必須自己一個人開創了。

我懷著決心轉身背對校門，踏上離開的路程。

◇　◇　◇

離開學校以後，我最先去的是師父的店。

師父一直以來都很照顧我，畢業之後沒打聲招呼就走太忘恩負義了。而就算我不在乎這一點，也是有事情必須來找師父。

師父的店離學校很近，同時也是王都裡的黃金地段。

所以我要過來打工不會太麻煩，可以有效利用多出來的時間。

我其實不太懂房地產的價碼，但這間店面對大街道，大概是最高級的地段吧？

而且我來打工的時候，也大多是客人源源不絕的狀況。

「師父～午安～」

我隨便打了聲招呼，一如往常地往店面後頭的工坊走去。

我在畢業考之前就已經辭掉工作，其實不應該走進來，但我跟這間店的所有人一起工作了將近五年，彼此都很熟了。

所以也沒人制止我往裡面走，還笑著對我說：「恭喜妳畢業了。」

「喔，珊樂莎，恭喜妳畢業了。」

前來歡迎我走進店面後頭鍊金工坊的，是一名貌美非凡的女子。

但是她說話卻一反漂亮外貌給人的印象，總是有點粗魯。

外表看起來大概二十五歲左右？

不過，我並不清楚這名鍊金術師的實際年齡，甚至覺得她的長相從五年前到現在都沒有變過。

她就是我的師父。

鍊金術的技術堪稱頂尖。

畢竟她不只是全國屈指可數，還是比一般貴族更有影響力的大師級鍊金術師。

而且其他的大師級鍊金術師都是老人家，只有師父的外表異常年輕。

這也不能怪我會覺得她實際年齡跟外表不符吧？

師父的外貌也是讓她在王都裡大受歡迎的原因之一，總是有接不完的工作委託。

到了現在，我還是不敢相信自己居然可以在這種大人物的店裡工作。

我就不提當時被錄取的來龍去脈了，總之就是……巧合跟好運使然？

「謝謝師父的祝賀。幸虧有師父的指導，我才能順利畢業。」

我低頭敬禮，鄭重對師父致謝，隨後師父就隨便揮了揮手，說：

「妳用不著這麼謙虛。我都聽說了，妳的成績好像幾乎是全校第一嘛。」

「咦？是……嗎？」

雖然我有領到很多考試獎勵金，可是我很少真的考到第一名耶……？

每次考試都會特地公布成績前十名的名單，我知道自己的名次落在哪裡。

而且名次會影響我能不能領獎勵金，所以我每次都會仔細確認，大多時候會有兩三個人名次比我高。

我不太記得他們的名字，但我很確定他們都是貴族。

反正只要看姓氏就知道是不是貴族了，最重要的是這攸關我的獎勵金。

「貴族喔……嗯，畢竟他們的爵位多少會讓成績灌點水。」

「哦，是喔？」

「嗯？妳沒什麼興趣啊？」

師父對我平淡的回答感到些許疑惑。

我的確是覺得他們可以額外加分很奸詐，但其實也跟我沒太大關係。

老實說，只要不會影響到我的考試獎勵金，沒有拿到第一名也無所謂。

貴族不只會捐錢給學校，還會主動放棄獎學金跟獎勵金。

一想到我的獎學金跟獎勵金都是來自他們的捐款，我反倒想跟他們道謝呢。

要灌水就儘管灌個夠吧。

我這麼說完，師父就笑著點了點頭。

「反正當上鍊金術師之後，在校成績就不重要了。畢業之後能不能鍛鍊到更高境界，都端看個人的努力——喔，對，別忘了貴族的退學標準跟平民一樣，所以能順利畢業的貴族鍊金術師也一定全在水準之上。」

不過，成績排名似乎多少還是會影響到畢業後找工作。

但找人才的那一方也知道貴族的成績有灌過水……

——成績再優秀都只會被當成灌水的貴族好像反而比較吃虧？

雖然學校裡也有態度比較囂張的貴族，但都不會囂張得太過頭，而且很照顧我的上一屆前輩是侯爵家的千金，也不曾有貴族來找過我麻煩，所以我對貴族沒有什麼壞印象。

問我前輩們畢業後的這一年嗎？

那當然一樣很風平浪靜。

因為個性有點問題的貴族不可能在學校留到最後一年。

而且只要有能耐待到第五學年，不論是貴族還是平民，都幾乎確定可以當上鍊金術師。

考慮到鍊金術師的社會地位，跟未來的鍊金術師敵對反而是壞處比較多。

畢竟敵對的對象搞不好會成為大師級的鍊金術師。

「那，師父，妳現在方便出門嗎？我現在身上帶著很多錢，不太放心，想早點去買《鍊金術大全》……」

「嗯？妳已經要去買了啊？我今天沒其他事情了，是可以現在去。」

《鍊金術大全（全十集）》。

那是所有獨當一面的鍊金術師都擁有的鍊金術聖經。

我剛來師父的店打工的時候，曾經問過她一個問題。

『如果能順利當上鍊金術師，那最應該先弄到什麼東西？』

當時師父推薦的就是這套書——《鍊金術大全》。

這套書從入門知識到最深奧的學識都有。只要有這套記載著鍊金術一切技術的書，就等於找到了鍊金術師之路的指標。

我當時馬上心想『我要去哪裡才能找到那套萬能的書？』，隨後師父就語氣輕鬆地補充了一句：『對了，妳在學校福利社就買得到了。』

最深奧的知識在學校的福利社就能輕鬆買到。

這樣的事實讓我有點納悶，但我還是隔天就開開心心地帶著自己努力存下來的錢，前往學校的福利社。

然後當場跪倒在福利社裡面。

福利社阿姨說一整套書的定價高達七百五十萬雷亞。

這個價格甚至可以在王都買到一間滿大的獨棟房屋。

即使是剛當上鍊金術師的人，也沒辦法輕鬆支付這麼大的金額。

還沒當上鍊金術師的學生更不用痴心妄想了。

福利社賣這種價格的東西合理嗎？

跟我平常在這裡買的筆記本跟墨水那些只要一百雷亞左右的東西差太多了吧。

雖然是可以在福利社輕鬆買到啦，可是價格根本輕鬆不起來啊！

我當然是放棄買下《鍊金術大全》，跑去跟師父抱怨。

接著師父就露出苦笑，說『也是因為這樣，大多人才會先找間店當見習生賺錢。再說，也沒必要一次買齊十本』，還告訴我一個比較簡單的方法。

『找我去就可以用五百萬買下一整套。妳能在畢業前賺到五百萬的話，我就讓妳可以用比較便宜的價格買。』

五百萬！居然可以直接便宜兩百五十萬雷亞！

……呃，雖然折價過後的價格還是夠買一間普通的房子。

不過，《鍊金術大全》到底為什麼會這麼貴？

其中一個原因，是因為這套書本身就是種特殊的「鍊器」。

只有鍊金術師能夠閱讀這套書，不是鍊金術師的人只能看到一疊白紙。

而且鍊金術師的等級也會影響到能夠閱讀的集數。

不對，反過來說才是對的，是能看到的集數代表那個人的等級。

剛離開學校的畢業生只能看到第一集，換算成等級就是等級一。

等級會隨著能看到的集數增加，能看第十集的時候就是等級十。一般來說，到等級三都還算新手，四以後算初級，七以後算中級，到等級十才終於會被視作上級鍊金術師。

只有極少數鍊金術師能夠成為上級鍊金術師，而要到達更高境界，才會是師父那樣的大師級鍊金術師。

也因為這套書的特殊性質，導致很難判斷它究竟是真品還是假貨。

一般人無法區分《鍊金術大全》跟只有一疊白紙的書有什麼差別，所以有人拿空白的書說是《鍊金術大全》，也無法斷定那個人是不是在說謊。

而菜鳥鍊金術師也是同理，就算除了第一集以外都是空白的，也無法判斷是不是假貨。

這種時候就需要認證制度了。

也就是請能夠確認書籍內容的鍊金術師同行，幫忙證明是真的《鍊金術大全》。

但是，要買到第十集的話，就需要找上級以上的鍊金術師。

也就是必須找為數不多的上級鍊金術師在場認證。

當然，請人幫忙認證也是需要費用，這部分就會算進商品價格裡面。

這就是《鍊金術大全》會這麼貴的另一個原因。

順帶一提，有時候二手書店也會賣《鍊金術大全》，只是師父說出現在那種地方的幾乎都是假貨，絕對不可以買。

其實不再當鍊金術師的人賣去二手店的可能性也不是零，而且好像只賣一二集還可能是真的，但不可能全套十集都有。

至少師父似乎是不曾在二手書店看過真貨。

聽說比較惡質的店家還會利用等級低的鍊金術師沒辦法確定真假，就用只有初級鍊金術師也看得見的一到三集是真貨，後面集數全是假貨的詐騙手法。

可是也因為用正規管道購買的價格高得嚇人，偶爾還是會有鍊金術師選擇在二手書店購買，就這麼被騙走一大筆錢。

「話說，我還真沒想到妳真的能存到五百萬雷亞……」

師父用很佩服的眼神看著我，而我自己也是這麼覺得。

畢竟我真的是拚死命在省吃儉用……

我擁有在一般人眼中是富翁級的大錢，這五年來卻從來沒有買過純粹只為滿足自己喜好的東西。我應該有資格被人誇獎吧？

嗯，我真是太厲害了！

「那，買完之後妳要怎麼帶回去？」

「咦？放這裡面就好了啊。」

我說著轉過身，對師父示意自己揹著的背包。

裡面除了文具、現金以外，就只有少少幾件換洗衣物。

這就是只買必需用品的我所有的財產。

我出於節儉而買了雖然樸素，卻很牢固的大背包，所以現在還有很多空間可以裝東西，要放有點重的書也不是問題！

如此心想的我自信滿滿地強調自己的背包，但師父好像不太滿意，嘆了口氣。

「唉……妳跟我來裡面一趟。」

「啊，好。」

表情看起來有點傻眼的師父帶我來到一間平常不會走上來的二樓房間。

裡面擺著很多書，室內有些昏暗。

房間中央擺著一張大桌子，桌上很凌亂，沒怎麼經過整理。

「妳等我一下。」

我照著師父這番話，乖乖等了一小段時間。

「這就是《鍊金術大全》第三集到第十集。第一集跟第二集妳應該有看過吧？」

師父一邊這麼說，一邊把八本書疊在桌上。

「……嗯？是不是有點太厚了？」

……八本？八本疊這麼高？

我在師父的工坊看過的《鍊金術大全》一二集頂多只有兩公分厚。

可是現在堆在我眼前的書總共有五十公分高。

「這東西愈後面的集數會愈厚。妳拿看看。」

「啊，好。」

我照著師父所說的，拿起眼前這疊像塔一樣的書。

「唔……唔唔唔唔。好……好重。」

「對吧？」

就算是我纖細的手臂，也不是抬不動。

應該也可以……放進背包裡。

不過，我必須揹著這些書去找下一個修鍊地點，還要走路過去。

而且我的目的地很可能不在王都。

說到我能不能扛著這樣的重擔旅行……

「怎麼樣？妳要不要繼續在我這裡工作？這樣妳就不需要買大全，也不用另外找下一個修鍊的地方了喔。」

「唔唔唔唔……這……這個嘛……不！師父的心意我就心領了！」

我懷著滿腹悲痛拒絕師父笑著提出的邀請。

老實說，正常應該一輩子都不可能有機會拜師父這樣技術高超的鍊金術師為師，繼續留在這裡鍛鍊，幾乎一定可以順利發展自己的才能。

而且師父好像也很看好我，從我還在這裡打工的時候就有問我要不要留下來。

我堅決不答應師父留下來，是因為我有自覺自己的世界太過狹隘。

我從小就進到孤兒院，之後就努力想成為鍊金術師，全心全意在念書。

進到學校以後，也只有在打工跟念書。

活動範圍也只有學校、師父的店，還有其他同時有在接的工作所在的店家。所以我心裡就冒出一種危機意識——我畢業後繼續留在師父的店裡，幾乎一定會長成一個不食人間煙火的大人。

一想到這裡，我就覺得自己應該要至少嘗試一次自立才行。

「嗯，妳果然還是不願意啊。雖然很可惜，但去看看外面世界也會是不錯的經驗。我就給妳一份畢業禮物吧。」

大概是因為我拒絕師父好幾次了，她好像也有料到我會這麼回答，只是輕輕點了點頭，接著遞給我一個背包。

這個背包比我背上這個完全只重視實用性的背包還要小兩圈，造型有點花俏。整個背包都是很漂亮的紅色，很可愛。

看起來很適合揹著到街上小逛一下，但如果要長途旅行，容量就不太夠了。

這次大概要請這個背包先在我原本的背包裡等適合的時機再出來了吧？

「順帶一提，這個背包有附加擴大容量跟減輕重量的效果。妳把大全放進裡面，就可以輕鬆旅行了。」

「……咦？真的嗎？這很貴吧？」

「如果是用買的會很貴，不過這是我自己做的，別放在心上。」

「謝謝師父！」

我還以為只是外表比較花俏的背包，看來這好像是鍊器。

但這剛好可以解決我現在遇到的難題，太好了！

應該說，要是沒有這個，我大概沒辦法揹著《鍊金術大全》到處走吧。

……我決定不去仔細思考大師級鍊金術師做的這個背包究竟值多少錢了。會很可怕。

「對了，這個背包也有附加防盜效果。現在除了妳以外的人都不能用它，妳如果要讓給別人，就先努力把等級鍛鍊到可以改變持有人吧。」

「不，我才不會把這個背包給別人！這可是師父特地送我的餞別禮耶！」

我開心地笑了笑，馬上就把手伸進背包試試看。

「喔喔喔～～」

明明外表不算大，只有我背起來剛剛好的大小，卻能讓我整隻手臂都伸進去。

再順手把原本的背包放進去裡面，也還剩下很多空間。

雖然單看外表明顯是我原本的背包大多了。

「不愧是師父！太厲害了！」

「還好啦，這不算什麼。話說，妳不是要去買大全嗎？再繼續拖拖拉拉下去的話福利社就要打烊了喔。」

我用閃耀的眼神抬頭看往師父，隨後師父就一臉若無其事地把視線撇向一旁，改變話題。

「啊，說的也是。我要今天就買到大全，還要找到下一個修鍊的地方！畢竟不能再繼續住宿舍了。」

我偶爾會去以前待的孤兒院露個臉，也打算去跟他們說我畢業了，可是我實在很難開口請他們讓我住下來。

所以我找工作的這段時間都會先去旅店過夜。

不過，王都的旅店住宿費其實滿貴的。

當然也有些比較便宜的旅店，但我這樣的小女生去住那種地方會很危險……的樣子。就我聽說的是這樣。

「妳要暫時住在我家也可以喔。」

「不了，我已經決定要學會獨立了！」

而且我今年就算成人了，要學會自力更生才行！

再加上搞不好還會因為師父家太舒適……就一直捨不得離開。

我催促師父趕快陪我去學校的福利社。

雖然才剛畢業又回來學校是有點破壞畢業氛圍，但其實也只有這裡買得到鍊金術師的用具。

我剛入學的時候還不知道，原來鍊金術師的用具基本上都是先下訂才開始製造，只是客人

——也就是鍊金術師，並沒有多到能讓人特地成立專賣店。
結果就變成學校的福利社負責販賣所有鍊金術師的用具。
「不好意思～」
我走進福利社喊一聲，熟悉的福利社阿姨就從裡面走了出來。
「哎呀，是珊樂莎啊。恭喜妳畢業了。」
「謝謝妳。我也是幸虧有妳的幫忙，才能順利畢業。」
我低頭敬禮，對笑著替我祝賀的阿姨道謝。
我常常會來這裡買紙筆跟墨水之類的用品，所以跟福利社阿姨很熟。
她知道我來自孤兒院，偶爾會免費送我一些本來要報廢的商品，一直以來都對我很好。
而說來可悲，其實我在這間學校除了少少三位朋友跟幾位教授以外，就只認識福利社的阿姨跟圖書館員。
當然，會祝賀我畢業的人……也只有他們。
「請問，我訂的東西有進貨了嗎？」
「有。妳等我一下。」
說著，福利社阿姨就從裡面拿出《鍊金術大全（全十集）》。
雖然外觀比剛才在師父房間裡看到的還新，但是看起來一樣厚重。

這整套書的定價要七百五十萬雷亞。

比一些偏高檔的房子還要貴。

「呃～記得珊樂莎妳沒有要用到認證制度，對吧？」

「對，所以我才會帶師父來——那麼，師父！麻煩妳了！」

「嗯。雖然我覺得這件事也不需要這麼一本正經的啦。」

我馬上讓出空間，用手勢請師父上前。微微露出苦笑的師父點了點頭，翻閱起大全的每一集。

然後以流暢的動作在最後一頁上署名。

整個流程只花費短短數分鐘。

福利社阿姨在每一本書的署名旁邊蓋上印章，就算完成了程序。

這樣就足夠證明已經經過大師級鍊金術師確認，以及校方的承認。

順帶一提，似乎也不能因為不需要用到認證制度，就拜託校方跳過證明程序直接賣。

聽說是要避免出現「沒有經過認證程序的真貨」這種容易讓人混淆的狀況。

站在旁邊看會覺得整個流程很簡單，但這份工作就值兩百五十萬雷亞……

想到這裡，我也忍不住更專注地見證過程。

不過，其實就算師父特別收錢受託認證，也不是兩百五十萬雷亞全都會給師父。

校方會收走一部分，當作幫忙安排適當等級的鍊金術師來認證的事務手續費。
但大部分還是會變成鍊金術師的報酬……上級鍊金術師賺錢的效率真是超乎想像呢！
畢竟他們可以一天就賺到一般庶民好幾年的薪水……說的極端一點的話，幾分鐘的作業就賺得到了！
——我本來是這麼想的，可是我後來問過，才知道這工作好像也沒那麼好賺。
首先，絕大多數鍊金術師都不太可能有機會接到這種委託。
到第六集都還可以找學校的教授幫忙，所以不需要委託校外人士，而第六集以後需要的就是上級鍊金術師了。
光是這一點，就能排除掉大多鍊金術師。
再加上，如果接下認證的工作，等書籍因為買賣等原因換過持有人而被委託鑑定自己認證過的書是真是假時，就必須專程處理。
聽說就是還需要負責這些麻煩事，費用才會這麼高。
而且幾乎不會有人買到第十集，導致這種工作機會本身就很少。
咦？很少有人會買到第十集嗎？
——不不不，師父之前叫我要買到第十集不是嗎？
我是相信師父的話才存這麼多錢耶——當時聽師父談這件事的時候，我心裡是有這樣想，可是馬上又想起師父願意免費幫我認證，所以我可沒有對師父抱怨喔。

「嗯，好了，珊樂莎。這樣是五百萬雷亞。」

「好，在這裡……」

我拿出珍藏的五十枚白金幣，排在櫃檯上。這幾乎是我所有的財產。也是我這五年努力賺來的心血結晶。

我知道這是必要的支出。

我當然知道這是必要的支出，可是！

「好，謝謝惠顧～」

福利社阿姨用俐落的動作收走我一邊內心淌血，一邊拿出的白金幣。

明明是筆不得了的大錢，她卻依然一派輕鬆。

雖然我之前來福利社都是買便宜的東西，但畢竟這裡也有在買賣鍊金術的用品，想必白金幣也不算少見吧。

「不過，妳真的很拚耶，珊樂莎。一般畢業生要買也頂多買到第三集而已。畢竟買到第三集還算便宜。」

的確到第三集都跟福利社阿姨講的一樣，可以找校內的教授幫忙認證，就不需要太多認證費，甚至跟教授交情比較好的話，還可以談看看能不能折價。

所以金錢上有些餘裕的畢業生一般都會買到第三集前後再啟程修鍊，要是我沒有在師父的店打工，大概也會選擇一樣的做法。

「哈哈哈……這也都是託師父的福呢。」

我苦笑著把《鍊金術大全》小心翼翼地收進師父送我的背包裡。

想到沒有這個背包會連帶著這些書走都有困難，就覺得自己真的一輩子都還不清這份人情。

把大全都放進背包裡之後，我用力站起身。

「嘿……咻！唔……喔！」

結果我因為重量跟原本預料的完全不同，差點跌倒，在師父的攙扶下才勉強站穩。

「珊樂莎，妳還好嗎？應該很重吧？」

不，反而是輕得要命。

不愧是師父，減輕重量的效果強得很嚇人。

可是特地宣揚這件事也沒意義，就故意不講明吧。

「啊，不會……沒問題。阿姨，謝謝妳這些年的照顧。」

「不會，別客氣。畢竟珊樂莎這幾年都很努力嘛。以後有機會記得再來這裡逛逛喔。」

我對笑著朝我揮揮手的阿姨低頭敬禮，跟師父一同離開福利社。

「那，接下來要換找修鍊的地方是嗎？反正難得有這個機會，我就陪妳一起找個好地方吧。」

「好，謝謝師父……等等，不對，我想說這個背包也太輕了吧！」

原本裡面只放著換洗衣物那些比較輕的東西，就沒有發現到背包的效果有多強，可是我放了這麼多本《鍊金術大全》，卻絲毫沒有變重。

不對，應該說是有變重沒錯，但變重的程度不到我原本預料的十分之一。

我剛才會差點跌倒，也是因為真的比我想像中的輕太多了。

「我不就說有附加減輕重量的效果嗎？效果沒到這麼強，妳也沒辦法揹著大全去旅行吧？」

「這……是沒錯啦。」

不是我在說，我力氣真的非常小。

問我為什麼嗎？

因為我老是顧著讀書，力氣當然大不起來嘛。

而且我本來就比較嬌小，不用說也知道沒有特別鍛鍊過身體的話，會有多嬌弱。

說起來也很可悲就是了。

「……不對，我還是要特地感謝師父。這個背包真的減輕我不少負擔。」

我思考這個背包的效果大約值多少錢，決定再向師父道一次謝。

說是畢業賀禮，但這份禮物高級到我反而不好意思免費收下。可是就算我想還給師父，她大概也不會收回去。而且她一定更樂意看到我乖乖收下。
師父雖然外表看起來有點冷淡，實際上卻是個對別人非常好的人。
她就是這樣的一個人。
「嗯。畢竟是要送徒弟踏上新的旅程。妳就別太放在心上了。」
師父露出開心笑容，溫柔地輕拍我的頭。我回給她一道苦笑，隨後便往學生支援部門的方向前進。
這個部門會幫在校學生介紹工讀工作，也會協助畢業生就職。
我除了師父的店以外，也有在其他幾個地方打工，所以我跟負責這個部門的大姊姊很熟，熟到她甚至記得我的名字。
我一如往常地說著「妳好～」走進去，看起來很閒的承辦大姊姊也用輕鬆的語氣回了一聲「歡迎～」
但是她一看到師父就瞬間挺直背脊，露出完美的待客笑容，彷彿幾秒前的鬆懈模樣全是幻覺。
「請問您今天有什麼需求呢？」
「呃，那個……我想找能修鍊的地方，可以看看有哪些職缺嗎？」
「好的。請稍等。」

我有些困惑地問完，大姊姊就離開座位，往櫃子走去。

今天的她講話會這麼客氣，大概是因為有師父在場吧。

雖然平常相處習慣了不會特別在意，但畢竟師父是鍊金術師裡的頂尖菁英嘛。

「嗯。這裡怎麼都沒有人？」

櫃檯只有大姊姊一個人，沒有半個學生。

平常還多少有一點人，很難得會空蕩成這樣。

「啊～因為今天是畢業典禮啊。」

拿著文件夾板回來的大姊姊回答師父的提問。

「喔，也對。我當初也是畢業典禮結束之後就跟朋友去開派對了。應該要明天才會開始有求職的人潮。珊樂莎妳……」

「可以讓我看看有哪些職缺嗎？」

我直接無視師父似乎想表達什麼的視線，對大姊姊伸出手。

好啦，反正我就是沒有可以一起開派對的朋友啦！

也沒人邀請我啦！

去年前輩們是有邀請我，可是我不敢參加都是不認識的人的派對，所以只參加隔天那個加上後輩只有四個人的小餐會啦！

我一邊想著這些，一邊翻閱文件夾板上的資料，結果師父就用異常溫柔的眼神摸起我的頭。

我才不想理妳！

「抱歉，可以讓我看看空店面的資料嗎？」

「啊，好的。請。」

空店面的資料可能就放在旁邊，大姊姊立刻遞給了師父。

「咦？師父，妳要再開新的店嗎？」

因為店裡生意興隆就開分店或擴建店面並不是怪事，但我以為師父應該對這種事情沒興趣。

「我不是要開新的店……話說，妳找到看起來不錯的職缺了嗎？」

「不，目前還沒……」

我現在看的文件上列出了目前可以收新徒弟的鍊金術師開的店。

一般鍊金術師會從這裡面找出條件適合自己的店，再透過面試就職，然後在店裡累積經驗兼存錢，等存到一定程度就會去買一間屬於自己的店，自立門戶。

考慮到找工作需要的資金，我希望可以找近一點的。

可是……都沒有在王都的店。畢竟有學校，王都裡的人才有點供過於求了。

比較多職缺的都在王都以外的地方。像前輩們也是去其他城鎮工作。

我自己是只要能被錄取就好，不講究要在哪裡工作，但問題是去其他城鎮面試需要時間跟交通費。

要是花了交通費跟住宿費還沒有被錄取，就是白白浪費時間跟金錢。

就算有被錄取，也需要花錢租屋跟添購日常用品。

住校的時候，日常用品是學校宿舍提供的……而我現在買了整套《鍊金術大全》，已經剩沒多少錢可以用。

考慮到這一點的話，最不容易出問題的就是靠關係去認識的人開的店裡工作。

所以師父願意留我在店裡工作，其實是非常幸運的一件事。

而師父對我拒絕留下來是顯得有點小失望，卻也有點高興地同意我的想法，甚至告訴我要是遇到困難，記得回來找她……

「對了，珊樂莎，妳還有多少錢可以用來找工作？」

「唔……」

我正死命計算在徵人的店離這裡有多遠，還有去一趟需要多少錢的時候，師父突然直接問到了重點。

我回答得有點猶豫，接著師父就傻眼地嘆了口氣。

「我看妳買《鍊金術大全》的時候就有料到可能會這樣了……不過，這裡倒是有個好東西可以推薦給妳喔。」

師父說著把她手上的文件遞給我，上面列出了目前正在尋找買家的店面，基本上都是退休的鍊金術師出售的二手店。

鍊金術師的店因為性質特殊，會有很多一般人不需要的設備，所以學校也會幫忙仲介這類不動產。

「師父，妳說的好東西是什麼……咦！好便宜！」

師父給我看的那一頁上面那間店的價格，居然只要一萬雷亞。

這樣的金額連財產在買完《鍊金術大全》之後大幅減少的我，都能輕鬆支付。

「這……這間店怎麼這麼便宜！」

「店面有點窄，不過有居住空間跟藥草田，還有各種設備跟用具。雖然這間店在鄉下，但滿划算的。」

格局看起來是沒有師父的店那麼大，只是鄉下本來就沒多少客人，不需要太大的空間。

房子有兩層樓，也跟師父說的一樣有居住空間，還有水井。

後面還有很大片的田，有需要的話，應該也能用那片田種藥草。

「……等等，這也太便宜了吧！怎麼可能啊！」

這間房子已經不是很便宜，是便宜過頭了。

我只要用在王都大約一兩個月的租金就能買下它，甚至去一趟面試所花的錢拿來付款都還會剩不少。
老實說，這讓我忍不住想懷疑是不是什麼騙局。
——雖然學校仲介的不動產應該是不會有問題啦。
「嗯……我想，應該是補助款有扣掉不少錢，才會這麼便宜啦。」
「啊，原來如此。那這樣還算……合理……」
補助款是指鍊金術師開店的時候，國家會特別撥款補助的制度。
國家基於利益會希望每個城鎮都有鍊金術店，但鍊金術師想在哪裡開店，純屬個人自由。
最熱門的地點是人口多的王都，第二熱門的是周邊的大都市。
畢竟任誰都不想在沒多少客人又不方便的鄉下開店。
這種時候補助款就很重要了。
愈是不怎麼有人想去的地方，補助款就愈多；而王都之類的都市區就不會提供補助款。這就是國家試圖避免大家開店地點分布不均的策略。
還在修鍊中的菜鳥鍊金術師要花非常多勞力跟時間才能賺到買下店面的資本，想趕快有自己店面的鍊金術師大多會仰賴補助款的恩惠。
不過，反過來說就是——
「也就是說，這間店真的在超級鄉下的地方，連國家都不惜提供補助款到讓人可以一萬雷亞就買下它？」

上面有標明地址，可是我從沒聽過這個地方。

至少這肯定是小到不在我知識所及的一個城鎮。

「這間店位在大樹海旁邊的小城鎮……不對，是小村莊。」

「大樹海……記得從這裡搭馬車過去要一個月左右吧？」

「是啊。但是那裡很容易弄到鍊金術的材料，也算是個適合修鍊技術的地方喔——雖然客人可能很少就是了。」

大樹海是指這個國家邊境一條縱向山脈山腳下的樹海。

正式名稱為「格爾巴．洛哈山麓樹海」，那裡以有很多種植物、昆蟲跟礦石等鍊金術相關材料聞名。

所以那裡的確就像師父所說的，是非常適合鍛鍊技術的地方，可是……

「沒有客人這點很傷耶。我已經花光所有的儲蓄了，要是沒有客人，我就沒辦法生活了。」

沒錯。

就算因為離產地近而可以便宜弄到各種材料，成品賣不出去還是一樣沒得賺。

要是我還有夠買一套大全的存款，或許也是可以選擇去那裡修鍊幾年，但我現在的存款不夠我生活。

「嗯……但我覺得這個地方挺不錯的。」

「而且我今天才剛畢業耶，突然就買一間自己的店也經營不起來吧……」

「沒問題。如果妳完全是個外行人的確不好說，可是妳在我店裡待了好幾年不是嗎？我認為妳應該多少經營得起來。而且妳已經等級三了。」

「……咦？三？」

「是啊——珊樂莎，妳知道鍊金術師要怎麼提升等級嗎？」

「這麼說來，我好像不知道……？」

明明很常聽到鍊金術師的等級跟大師級之類的話題，學校卻沒有教要怎麼提升等級。只有要學生好好努力鑽研鍊金術。

「嗯。畢竟一般都是在正式當上鍊金術師以後，或是在拜師學藝之後才會學到。」

接著，師父告訴我「只要能成功做出每一集《鍊金術大全》上面的所有東西，就能提升等級」。

簡單來說，就是能製作第一集裡的所有東西就能升上等級二，製作第二集裡的所有東西就能升上等級三。

學生時期不會學到這件事，似乎是要避免還沒正式當上鍊金術師的人使用超出自身能力範圍的鍊金術。

「這麼說來，我記得我在打工的時候做了不少道具。咦？所以我在不知不覺之間做過一二集裡面的所有東西了嗎？」

「沒錯。尤其一二集裡記載的都是最常用到的東西。」

我的確在師父的指導下做了不少道具……

師父大概是想讓我提升等級，才會要我做那些東西。

「所以，妳應該已經有能力開店了。」

「可是……我完全不懂要怎麼做生意。」

如果師父說的沒錯，那我確實是做得出熱門商品。

不過，我打工的時候只有製造商品，沒有參與販賣的部分。

所以我對訂定價格、進貨等其他跟經營有關的事情是一竅不通。

「唔～我想想……好，那就這樣吧。妳定期把那附近的稀有材料寄來賣給我，應該就不用煩惱生活不好過了。」

那樣應該多少賺得到生活費……吧？

反正我也沒有想要過奢侈的生活，而且考慮到可以鍛鍊技術……的確也是不錯的點子。

「——師父，妳該不會就是想要稀有材料吧？」

「我是時時刻刻都在考慮徒弟的未來。」

師父露出平常不曾見過的爽朗笑容，摸起我的頭。

「是喔，那還真是謝謝師父了？——不對，妳沒有否認不是想要稀有材料吧！」

「喔，小姐，要買這間店要怎麼訂契約？——付錢就能領權狀是嗎？那我要買這間店。」

師父無視我的抗議，用自己錢包裡的錢買下了權狀跟鑰匙。

隨後就把權狀摺起來，連同鑰匙一同塞進我的口袋。

「好，恭喜妳也是個有自己的店面的鍊金術師了！啊，這就當我送妳的禮物，妳就乖乖收下它吧。」

「咦？咦？咦咦咦～」

師父輕輕拍了拍我的肩膀，笑著對我說出這番話。

感覺我的未來被用迅雷不及掩耳的速度決定好了。

咦？我是來這裡找工作的吧？

怎麼突然就變成自己開店的店長了？

「師父～我不認為我能經營一間店耶。」

「反正我會幫妳，妳就試試看吧。除非妳搞到欠了一屁股債，不然妳就算生意失敗跑回來，還是可以來我這裡當員工。」

「喔……」

既然師父會幫我——那應該就不用擔心了吧？
反正只要有留著能回來王都的旅費，就能回師父店裡工作。
光是當工讀生都有給我不少薪水了，來當正職應該不用怕生活不好過。
畢竟我可是已經有鍊金執照了！
「好，我會努力看看！」
我握起拳，鼓起幹勁對師父這麼說。
「嗯！這樣就對了！」
師父看我滿是幹勁，也心滿意足地點了點頭，鼓勵我去嘗試。

……奇怪？我是不是上師父的當了？是我的錯覺嗎？

◇　◇　◇

回到師父的店裡以後，師父就替我辦了場畢業派對。
我很希望她只是純粹出於好意……而不是看我沒朋友，覺得我很可憐。
參加派對的都是店裡的員工。

沒有其他人來參加。

一定是因為太臨時了，推不掉其他行程。一定是因為有其他行程！

我也是有多少認識一些如果我特地邀他們來，搞不好還願意參加的人好不好！

像是一些在其他地方打工的人！

雖然我沒有邀他們就是了。

我絕對不是怕他們用一臉難以言喻的表情拒絕我。

「話說，師父。妳突然辦這場派對，準備起來應該很辛苦吧？」

派對會場的桌上擺著我從來沒吃過的豪華料理跟酒。

我已經吃了不少，但每種料理都好吃到不行，感覺吃多少都不會覺得撐。

當然，我不可能真的完全不會撐，所以是每一種料理都吃一點。

——而且從貴的開始吃是基本常識，對吧！

「這點小事算不了什麼。而且這些料理都是她做的。」

師父說著指向總是在櫃檯接待客人的大姊姊——瑪莉亞小姐。

我跟著看向她，就看見瑪莉亞小姐面帶微笑，朝我揮了揮手。

咦？這麼多豪華料理都是她做的？

這些看起來都像專業廚師做的耶。

「可……可是，也有用到應該很貴的食材，還有酒吧……」

「嗯？這些食材平常就有在用了。雖然好像還是有特地多買一點回來。」

喔喔，原來像師父這種等級的鍊金術師，會連這種大餐都吃習慣了！

雖然不應該拿來跟我平常只在宿舍吃的飯比，但這些都是很高級的料理吧？

「妳是不是節儉過頭了？我還是學生的時候也沒多少錢，可是考完試的時候都會去有這種料理的餐廳吃飯耶。」

咦？難道其實沒有很高級嗎？

「——不是師父叫我要存錢的嗎！」

「是嗎？我只記得有說妳如果存到了，就讓妳用便宜點的價格買《鍊金術大全》而已啊。」

「這是一樣的意思啦！妳都說應該要買《鍊金術大全》了，那我當然會存錢買啊！」

師父到底在說什麼鬼話啊！

她當時都說可以幫忙折扣了，我當然會拚死拚活地存錢啊！

我可以直接省下兩百五十萬雷亞耶！

「可是妳也用不著一次買下整套十本不是嗎？就算只買到第五集，找我去也是可以有折扣啊。」

「原……原來……不用……買整套嗎？」

「至少認證費部分是可以折扣。而且只買五集的話，也不會太貴。」

我都不知道可以不用買整套。我根本不知道可以不用買整套啊～！

「那妳就應該這樣跟我說啊！害我還那麼努力省吃儉用耶！」

「可是，我也不知道妳存了多少錢啊。而且十本一起買是真的比較划算。畢竟就算只要買一本第十集，也是需要請上級鍊金術師來一趟，認證費就會很貴。」

的確，既然都要請上級鍊金術師特地來一趟了，那一次認證一本跟一次十本的價格說不定也差不了多少。

那就結果而言，應該是十本一起買比較好……？

「對了，話說回來，記得只要能鍊製完第九集的內容，就是上級鍊金術師了吧？那，要是能鍊製完第十集的內容呢？」

「喔，那就只是個傻瓜而已。」

「……什麼？」

咦？我聽錯了嗎？

「我說是個傻瓜。第十集的內容……妳應該還看不到，但妳還記得有多厚嗎？第十集比前面幾集厚很多吧？」

「這麼說來，好像真的特別厚。」

我想起把大全放進包包裡的時候，只有第十集厚到我很難用一隻手拿起來。
那個厚度厚到可以輕易砸死一個人。
「第十集裡面是有值得被放在第十集的高級鍊器沒錯，但大多數都是很無所謂的東西，連放到第九集以前都嫌占頁數。所以就算鍊製方法不難，也會浪費很多時間跟材料。只有傻瓜才會白白花一堆心力去弄那些東西吧。」
「這麼說……也對……啊，可是師父是比上級更厲害的大師級鍊金術師吧？為什麼？」
我一直以為只要把一到十集的內容都鍊製完，就可以升上大師級了。
「這個嘛……製作第十集裡比較重要的鍊器，的確是升上大師級的條件之一。至於其他條件……」
「其他條件？」
師父賣起關子，盯著我看，接著對我說……
「——我不能說。」
「咦咦～～為什麼不能說～？告訴我嘛～」
「大師級鍊金術師跟上級有不一樣的重要職責。等妳升到上級，而且有可能升上大師級的話再告訴妳。妳先忍一下。」
「唔～師父到時候一定要告訴我喔。」

「妳先擔心自己有沒有辦法升到上級吧。能鍛鍊到上級的鍊金術師，可是屈指可數喔。」
「是沒錯啦……」
師父在看我一臉不滿地抬頭看著她之後這麼說道，隨後就笑著喝光手上酒杯裡的酒。
「好了，珊樂莎妳也別顧著講話，快喝吧。妳已經是成人了不是嗎？長大了就該嚐嚐看酒的味道啊。」
「說……說的也是。這是我第一次挑戰喝酒！」
雖然沒有嚴格規定，不過一般要十五歲以上的成人才能喝酒。
我已經在不久之前過完十五歲生日了，只是省吃儉用的我不可能會去碰酒這種非必要的奢侈品。
但是今天可以喝免錢的酒。不趁這個機會喝就太浪費了吧？
而且這大概是很高級的酒。
我把剛好擺在眼前的酒倒進杯子裡，學師父一口喝光。
一喝下去，我就感覺喉嚨裡面瞬間發燙，還看見師父露出慌張的神情…………

◇　◇　◇

隔天，我在一張陌生的床上醒來。

記得昨天……師父有幫我開慶祝派對吧？

我不記得後來發生什麼事了，但既然是在參加派對的途中，那這裡應該是師父的店裡？

我離開床上，一走出房間就看見熟悉的走廊。

嗯，我果然在師父的店裡。

這裡好像是店裡二樓的客房，我也是第一次進來。

我接著走下樓梯，前往店裡聽起來有人在的居住空間，就發現師父正在桌子前面悠悠哉哉地喝著茶。

「早安，師父。」

「喔，妳醒了啊。妳昨天真的太好笑了，只喝了一口酒就趴到桌上——呵……呵呵呵呵……哈哈哈哈！」

師父大概是回想起當時的情景，講到一半就忍不住笑出來，開始哈哈大笑。

這麼說來，我昨天是第一次嘗試喝酒……如果師父說的屬實，意思就是我喝完一口就失去意識了？

——等等，那也笑得太過頭了吧？

喝一口就昏倒是有點丟臉沒錯啦，但也沒必要笑成這樣吧？

我露出生氣的表情之後，師父先是鎮定下來，才又顯露淘氣的笑容。

「而且妳才說要『學會獨立』，結果還是在我這裡住了一晚。」

「唔……這……」

師父說的對。

雖然有一半是外在因素造成的，但我在決定要學會獨立的第一天開始就麻煩到師父，也的確是事實。

就算用我還不習慣喝酒當藉口也一樣，如果在酒吧喝到暈過去，根本就不會有人來幫我。

畢竟我已經是成人了，出了什麼事情都要由我自己負責。

「那種酒太烈了啦……」

「那種酒的濃度的確是有點高。對了，價格其實也挺貴的喔。記得它要——」

「等一下！請妳別說是多少錢！不然我會更沮喪……」

我才不想知道師父說的「價格挺貴」有多貴！

一定是貴到我正常不可能喝得起的價錢！

我不只不記得那種酒喝起來是什麼味道，連有喝進嘴裡都忘記了。光想到我這樣浪費掉多少錢，就覺得好心痛。

「……我暫時不會再喝酒了。」

「我也認為先別喝比較好。妳要喝的時候記得再來讓我笑一下啊！」

說完，師父又忍不住發出「呵呵呵！」的竊笑。

師父的意思是要我再來醉倒給妳看吧？我聽得出妳想表達什麼。

——至少暫時先別在別人面前喝酒好了。

畢竟我是女生，搞不好會遇到什麼很難一笑置之的事情。

「店長雖然嘴上這麼說，昨天看到珊樂莎小姐醉倒之後倒是滿著急的喔。而且也是店長帶妳去房間休息的，還一直等到妳有好一點才甘願離開妳旁邊呢。」

「啊，瑪莉亞小姐。」

正當我垂頭喪氣的時候，瑪莉亞小姐就從廚房拿著杯子過來，講出了昨天的詳細經過。

「瑪莉亞！別亂說話！」

「哎呀，我說的都是真的啊。妳還急著去找鍊藥不是嗎？」

瑪莉亞小姐笑著說「請用」，把裝好水的杯子遞給我。

剛好口很渴的我很感謝她的體貼，接過水便開始喝，同時偷偷觀察師父的反應。一直到剛才都還在笑的師父露出不太高興的表情，嘴角彎成ㄟ字形。

「畢……畢竟我也不能害我們店裡出人命啊！」

師父發現到我在看她，就清了清喉嚨，皺著眉頭說出這番話，但瑪莉亞小姐並沒有當真，依然露出了苦笑。

「妳真的很不坦率呢。雖然我也不介意妳這樣。話說，早餐已經做好了。珊樂莎小姐應該也要一起吃吧？」

「呃……」

「妳就先吃完再走吧。只不過就是一頓早餐而已，沒必要太放在心上吧？」

師父對有點不好意思繼續受她們照顧的我這麼說完，就叫瑪莉亞小姐準備三人份的早餐。

「謝謝妳們。」

老實說，考慮到要在今天之內離開，在師父這裡吃完早餐也的確可以省下很多時間。

我向她們道過謝，在有點倉促地吃完早餐以後立刻準備出發。

不過，我的私人物品都在師父給我的背包裡面了，真的要另外準備的就只有糧食。

但食物在路上找間店買就好，所以我只需要整理好儀容，揹好背包就夠了。

我準備好以後就跟師父道別，接著師父在我離開店裡之前說『這些給妳，當作是餞別禮』，遞給我鍊金術用的各種用具跟材料，還有看起來是寫著經營訣竅的小本子。

小本子可能還好，但鍊金術的用具絕對不便宜。

我知道鍊金術用具至少不是一般庶民能輕易買下手的價格。

我不只收了貴重的背包，又讓師父幫我付店面的錢，現在師父還送我餞別禮……正當我有點猶豫該不該收下禮物的時候，師父就瀟灑地說：「妳別忘了我可是大師級的鍊金術師喔。這些東西沒有多貴，不用放在心上。而且雖然情況有點特殊，但妳一樣是從我這裡獨立出去開店的徒弟。我還嫌這點餞別禮不夠貴重呢。」

庶民根本賺不到的錢在師父眼裡居然會被說是「這點」，真不愧是鍊金術師，太猛了。

而且我準備出門的時候，瑪莉亞小姐還偷偷告訴我這本小本子其實是師父在我昨天睡著以後，努力親筆寫到早上才寫好的。

唔～原來是因為這樣，她今天早上才會看起來很睏啊。

那她剛才笑我笑成那樣也算情有可原了。

畢竟熬夜本來就容易亢奮嘛。

是說，師父這樣讓我一輩子都還不完的人情愈來愈多了耶……

包括《鍊金術大全》在內的話，師父應該已經資助我好幾百萬雷亞了吧？

……嗯，這下我真的要努力經營好我的店了。至少要可以多少報答師父對我的照顧才行。

我懷著這樣的決心，踏上了離開王都的旅程。

這時的我絲毫沒有料到自己會在偏僻村莊面臨什麼樣的現實……

Episode 2

我的店面……

而現在，我整個人愣在老舊的店前面。

「……唉，反正抱怨也沒用。既然來都來了，就要自己想想辦法才行！」

快想起當初的決心，珊樂莎！

我要報答師父……嗯？那時候是師父幫我挑這間店的吧？

——不不，師父應該也不知道這間店破舊成這樣。

可是，幫我決定買自己店面，而不是找其他店應徵的也是……

——不不不，畢竟是師父提的主意，她一定是為我著想，才會要我自己開店！嗯，一定是這樣。不然我可能會承受不住這麼大的打擊……

「總……總之，先來確認一下情況吧！」

我打起精神，重新細看這間店的外觀。

招牌的確是歪到感覺隨時都會掉下來……但仔細看看，房子本身好像不算太破舊？

雖然雜亂的庭院、腐朽的柵欄跟髒到看不見室內的窗戶讓這間房子顯得很破爛，但屋頂還很完整，牆壁的灰泥也是雖然有裂痕，卻沒有任何一個地方是真正垮掉的。

門跟窗戶也還完好無缺，只要把招牌修好，再好好打掃過，應該會是間不錯的房子。

「嗯！很好！這下我有點幹勁了！先進去看看吧。」

我從口袋裡拿出鑰匙，踩著草想走到門邊，又停下了腳步。

「這……是藥草吧？」

通往門邊的小路也長著大量而且很茂盛的草。

仔細觀察，就可以看到這裡零星長著可以當作鍊金術材料的藥草。

話說回來，記得說這間房子有藥草田嘛。

可能是種子從田裡傳播過來了。

很大部分是單純的雜草。

不過，藥草的密度也很微妙，走過去很難完全不踩到藥草。

雖然通道以外的地方也有長藥草，要直接不管那麼多踩過去也沒關係，可是這些藥草在我眼裡看起來就像地上長了一堆零錢。

對錢斤斤計較的我，怎麼敢踩在零錢上呢！

「……先全部採集起來。」

我決定晚點再進去房子裡，先開始採收通道上的藥草。

我把地上的草拔到可以騰出夠讓一個人走的空地。

「雜草（垃圾）、藥草（錢）、雜草（垃圾）、藥草（錢）、雜草（垃圾）、雜草（垃圾）、藥草（錢）……」

我一邊喃喃自語，一邊把拔起來的草分類好堆在旁邊。

雖然一把藥草賣不到多少錢，但一路採收到門前的話，搞不好可以賺到庶民一天下來的收入。

不過藥草的價值會在拔出來之後隨著時間下降，所以要鍊金術師才能發揮它的真正功用。

我就這樣專心拔草拔了一陣子過後。

「哎呀，小姑娘。妳在做什麼呢？」

我拔到離門已經只剩一半路程的時候，背後忽然有人跟我說話。

一轉過頭，就看見一名看起來快五十歲，身材有點豐腴的女性站在我眼前。

「呃……」

以客觀角度來看我在這裡拔草……就是有個陌生小女孩在沒人住的房子前面不斷拔草，嘴上還一直碎碎唸。

嗯，的確是有點可疑呢！

而且我聽說這種小村莊會有點封閉，她該不會懷疑我在這裡做奇怪的事情吧！

「妳看起來……也不像是要去那間店，不過那間店很久以前就結束營業了喔。」

「不！不是！這裡是我家！我買了這間房子，才剛搬過來！」

聽到阿姨語氣疑惑的猜測，讓我連忙否認。

加入一個封閉群體的第一印象是很重要的！

雖然在學校裡被孤立也不成問題，但既然我今後要在這座村莊住下來，就得跟鄰居們打好關係才行！

而且也不能太小看中年阿姨聯絡網的傳播力，所以我拚死命擠出生澀的笑容出聲問候：

「今……今後還請您多多指教了！」

「買了這間房子？小姑娘妳該不會是鍊金術師吧！」

「啊……對！我是才剛當上鍊金術師的新手！我叫作珊樂莎。」

「原來如此。我是住在隔壁的耶爾茲。雖然說是隔壁也算有點距離啦，但妳如果有遇到什麼問題，就儘管來找我。」

阿姨——耶爾茲女士指著我的店的左手邊，笑著回應我的問候。

太好了，我跟村民的第一次交流應該勉強算是及格……了吧？

至於被人看到我在拔草的詭異行徑這件事，當然是先拋在腦後。

「沒想到我們村莊又有新的鍊金術店了。這裡沒有鍊金術店真的有點不方便，妳願意來開店真是太好了！要加油喔！」

「好的，謝謝您……對了，這間店之前為什麼會倒閉呢？」

如果是因為生意不好，就要考慮一些應對方法了。

雖然提供材料給師父的報酬應該至少夠我吃飽喝足，但一個鍊金術師只能靠這樣維生就太沒出息了。

「喔，這間店之前是一位老爺爺在經營的，但是他閃到腰了。他兒子很擔心他，才會來把老爺爺接走。所以妳應該不用太擔心沒客人。」

「是嗎？」

可是這座村莊很小，看起來不是很需要鍊金術店。

耶爾茲女士不知道是不是看出我在想什麼，苦笑著說：

「我們村莊小歸小，還是會需要鍊藥。而且這裡會有不少要去大樹海的採集家來休息，只要賣些專賣給他們的藥，就不用怕沒生意做了。妳跟他們收購材料，應該也可以賺不少吧？」

「採集家」是指會去大樹海等各種能找到鍊金相關材料的地方採集，再以販賣那些材料維生的人。

他們去的地方一般都很危險，也必定容易受傷。

所以採集家是鍊金術師的供貨源，同時也是顧客。

「常有採集家來是不錯，但收購就先看看情況再決定吧。畢竟收購之後還要想想該賣給誰，還有從這裡送貨出去的方法……」

「是嗎？阿姨我不是很懂跟鍊金術有關的生意是怎麼運作的。」

在這種離產地很近的地方的確能便宜買到材料，不過要是沒多想什麼就直接收購，早晚會出問題。

首先，很少有材料可以在收購之後長久保存。

材料放太久會爛掉，沒辦法使用，這時候就需要做些可以長期保存的措施。

而保存措施當然要我親手處理，所以如果收購的量超過我能處理的上限，就會出現要報廢的情形。

再加上還有送貨給買家的運輸成本，所以訂定收購價格的時候要考量到可能會有賣剩下，或是在運送途中受損造成的損失。

——師父給我的小本子上是這麼說的。

上面連每種材料在王都的買賣價格表都有，只是有標註如果單純只把這張表當作參考，很快就會入不敷出。

「先不提收購了，妳預計什麼時候開始營業？」

「我想想，要先清掃過，再做點準備……應該再一星期左右吧。」

我還沒看房子裡的情況，沒辦法給出精準的時間，但我也還沒做好商品，大概至少會花上一星期時間。

「這樣啊。如果有什麼我可以幫忙的，都儘管說喔。」

「謝謝您。」

我再次向面露微笑的耶爾茲女士敬禮。

◇　◇　◇

我在目送耶爾茲女士離開以後繼續開始拔草，不久就拔到了家門前。

把口袋裡的鑰匙拿出來插進鑰匙孔一轉，就聽見清脆的解鎖聲。

我拉開門，發現門開得意外順暢，沒有故障情形。

「……好像沒有我想像得……那麼髒亂？」

一進門就是用來當作店面的空間。

我本來已經做好會看到灰塵四處飛舞的心理準備了，卻發現櫃子跟地板都出乎預料的乾淨。

「也對，畢竟是鍊金術師開的店，應該是有『清掃』的刻印吧？」

一般製作鍊器的時候，會把要用的物品放進鍊金爐裡，進行鍊製。

不過，也不是無法不透過鍊金爐製作鍊器。

而能不透過鍊金爐的方法，就是「刻印」。

但是步驟會比用鍊金爐還要複雜。

只要製造簡單的東西的話，用特殊塗料畫好圖樣就可以做了。可是複雜的東西就會比較麻煩，像是要把好幾個鍊器嵌在特定位置，或是要讓需要鍊製的物品形體配合刻印。

例如鍊製的對象如果是房子，那房間跟走廊的位置、房間的用途、有無窗戶跟煙囪，也會包括在刻印裡。

所以理論上是可以把整個都市做成鍊器，只是用刻印除了會比鍊金爐的步驟麻煩以外，缺點也會比較多。

第一是很沒有效率。

以要產生相同的效果來說，刻印需要的技術跟資源消耗會多上好幾倍。

第二是會需要鍊金術師定期修補跟補充魔力，目前並不是會普遍應用的技術。

雖然反過來說，就是用在鍊金術師的店裡還算滿有用的。

「師父的店裡的核心是在工坊牆上……」

核心是刻印的原點，也是最重要的部分。

不過核心做好以後就只會用來灌輸魔力，所以一般會安裝在不會太礙事，卻也很方便灌輸魔力的位置。

我決定先打開每個房間的窗戶換氣，順便尋找這間房子的核心。

往店面空間右方的裡面，也就是櫃檯後面的門走，會接到走廊，走廊左邊有倉庫、工坊、空房間跟樓梯，盡頭則是廚房。

「……啊，核心在這裡。」

樓梯底下的牆壁裡嵌著魔晶石。

它乍看只是顆普通石頭，沒有特別的印記，但魔力會從核心流動到整間房子，所以鍊金術師能夠一眼看出它是魔晶石。

「不過，裡面已經幾乎沒有魔力了。」

從這顆魔晶石流出的魔力量非常少，頂多勉強維持刻印運作。

應該再過一年，就會連刻印都停止運作了吧？

「……總之，先把它的魔力灌滿吧。」

不是我在說，我唯一有自信的就是我的魔力量了。

這大概也是師父會錄取我的其中一個原因。

我觸摸核心，緩緩灌入魔力，隨後魔晶石周遭就開始浮現刻印的圖樣。

「嗯，果然是『清掃』的刻印……咦？還有『防犯』？」

我只有在學校的課堂上做過簡單實習，沒有做過用在整間房子的大型刻印，不過我有努力學好學校教過的刻印知識，所以有辦法辨認刻印的種類。

這個刻印相當複雜，大概是出自技術高超的鍊金術師之手。看起來主要是「清掃」，次要的是「防犯」。

雖然也有些部分看不太懂，但照理說不會包含對屋主有害的刻印，於是我沒有多加懷疑，直接繼續灌輸魔力。

「……唔～這顆魔晶石的容量挺大的。」

我灌輸自己所有魔力的一半進去以後，暫時先移開了手。

對魔力量很有自信的我竟然耗了一半魔力都還沒辦法灌滿它，其實讓我滿受打擊的……

我雖然還只是個菜鳥鍊金術師，但魔力量可是多到會讓師父有點傻眼耶。

「……算了，無所謂。反正運作上沒有問題，之後再慢慢灌滿就好了。」

只要能讓刻印重新運作，就不需要勉強把它灌滿，而且在這裡把魔力耗光的話，接下來就沒力氣工作了。

尤其今天至少要打掃好寢室跟廚房。

畢竟我終於來到我的新家了！

二樓大小房間加起來總共有八間，可是裡面全部空無一物。

走到哪裡都是什～麼都沒有。

只留著原本就有的櫃子之類沒辦法移動的東西。

唯一的例外是鍊金工坊。

只有那裡沒有被收拾過的痕跡，甚至看起來就像搬家的時候把東西全部留下來，沒有帶走。

感覺只要稍微打掃一下，明天就可以開工了。

「一般要搬家多少會留下一點家具才對啊……？」

大型家具如果是搬去很近的地方倒還好，但搬去其他城市會很費力，正常都會送給認識的人，或是直接留在舊家。

我宿舍房間的小收納箱也是別人送我的。

那個小收納箱是師父認識的人送的，算有點高級，我也很喜歡，可是我實在不方便帶過來，就留在宿舍了。

要是被拿去丟掉其實會很心疼，希望會有新生願意代替我好好愛惜它。

……啊，還是說，對方結婚搬去的新家，也剛好在這個村莊？

聽說如果是結婚以後新蓋一棟房子的情況，也可能會像這樣把舊東西全部搬過去，只新訂不夠的家具。

畢竟剛結婚就一口氣把全部家具換新，也會花上不少錢。

「雖然也多虧他們全搬走，打掃起來輕鬆不少就是了……」

「清掃」的刻印能讓房子清理起來更方便，但還是存在弱點。

第一是對室外部分——也就是房子外牆、窗戶跟屋頂等地方的效果比較差。

因為只能一次清理一點，所以一直暴露外任憑風吹雨打的地方，就會來不及清乾淨又變髒。

第二是刻印只對「房子本身」有效果。

有擺家具的話，就不會清理到堆在家具上的灰塵跟髒汙。

也就是說，現在幾乎沒有擺放家具的這間房子很可能會因為刻印的效果，在幾天內變得乾淨很多。

「總之，就先把這裡當作寢室……」

我把行李放在南邊採光最好的房間，再次下去一樓，走往廚房。

其實我現在最在意的是工坊……但是現在進去，很可能會弄到忘記時間。所以我只好含淚忍著不過去。

「廚房……哇！沒有爐灶也沒有魔導爐……這樣就不能煮飯了。」

庶民家庭一般會用的熱源，是以薪柴或木炭當作燃料的爐灶。

這個家看起來……以前似乎不是用爐灶，而是透過魔力運作，設置了很適合鍊金術師使用的魔導爐。

現在只看得到它曾經存在過的痕跡，也就是底下的檯子。

「總之，這陣子先外食……好耶，找到浴室了！真不愧是鍊金術師！」

有些鍊器或鍊藥一定要保持身體清潔才能製作，也因為這樣，鍊金術師工坊常附帶浴室。
師父的店裡當然也有，我也借用了好幾次。
我超愛洗澡的，有浴室真是大加分耶！
不過，要是不像師父店裡一樣先做好煮熱水的鍊器，就會花上不少柴火費用，所以我當然也要採取跟師父一樣的做法。
不然我怎麼捨得每天洗澡呢。
「哇～突然精神都來了！最後換看後院！」
我重新打起精神，推開廚房後頭通往後院的門。

——門後是一片原始森林……這樣講好像太浮誇了。
這裡明明是藥草田，看起來卻只像是普通的草叢。
房子周邊的圍欄大多已經腐壞，完好的部分只剩下一點點。
放著不管的話，後院遲早會被已經近在咫尺的森林吞沒。
「水井應該還能用吧？」
水井就在走到門外以後右手邊不遠的地方，由於附近是石板地，才免於受到草叢掩蓋。
井口有蓋起來，避免雜物掉進去。只是也沒有吊水桶，沒辦法汲水。

「裡面……還有水。沒有乾掉。只要買個吊水桶回來就能用了。」

好，這樣應該差不多都檢查完了？

現在最需要的家具是床、桌子跟椅子。

日用品部分需要餐具、棉被、吊水桶。有這些就夠我維生了。

至於要去哪裡買……好，馬上去問問耶爾茲女士吧。

我走了一分鐘左右的路程到隔壁呼喚鄰居。

「耶爾茲女士～可以借用您一點時間嗎？」

「沒問題～等我一下——我來了，妳有什麼事情需要幫忙嗎？」

「呃，雖然說是幫忙，其實是我想要買東西。請問家具跟日用品類的東西要在哪裡買呢？」

沒多久就走出來的耶爾茲女士聽到我這麼詢問之後，很快就給了我答案。

「這個嘛，家具要找工匠，鍋爐的話要找鐵匠訂。有些東西可以在雜貨店買到，但妳要買不熱門的東西的話，就要去城市裡訂了。」

也對，畢竟這裡是小村莊。

王都裡基本上不需要煩惱有什麼東西買不到。

雖然我也只是看看而已，從來沒買過就是了！

「果然。可以跟您請教他們的店在哪裡嗎？」

「是可以……」

耶爾茲女士稍做思考過後，就「嗯」地點點頭，說：

「對了，我來幫妳帶路，妳先在我家等一下。」

「不會太麻煩您嗎？」

「畢竟這裡是小村莊，先讓大家認識妳比較好吧？就包在我身上吧！」

「那真是太好了！真的很謝謝您。」

我低下頭，對面露可靠笑容拍著胸膛的耶爾茲女士敬禮。

「別客氣。來，進來吧。」

我跟著耶爾茲女士走進她家，喝下她端給我的一杯茶。

我現在才想起自己抵達村莊以後，就沒有喝過半杯水。我放鬆休息片刻，不久就看到耶爾茲女士走了回來。

「好，我準備好了！要走了嗎？」

「啊，好！那就麻煩您了。謝謝您招待的茶。」

我離開耶爾茲女士的家，在她的帶領之下來到一間民宅。

房子周遭有個擺著木柴，看起來像工作坊的地方，但沒有擺放招牌。

太好了。如果不是耶爾茲女士帶我來，我會不太好意思上前搭話。

「蓋貝爾克老伯，你在嗎？」

耶爾茲女士毫不客氣地走進房子裡，而我則是小心翼翼地跟在後頭。

「怎麼？是耶爾茲啊。妳要委託什麼嗎？嗯？我從來沒看過妳後面那個小姑娘呢。」

一位年邁的爺爺從裡面走了出來。

但是他看起來還很硬朗，動作不會讓人意識到他是老人家。

他的視線有點尖銳，表情也有點嚴肅，乍看就像是個很頑固的工匠，不太擅長跟人溝通的我實在有點不敢獨自找他說話。

「她是剛搬來的珊樂莎。她可是個鍊金術師呢！」

「喔喔，妳是搬去住那間店嗎？真是太好了。那，妳要找我幫忙整修房子是嗎？」

「啊，不，我可能過一陣子才會委託您整修房子，今天來是想跟您買家具。」

家裡絕對要有的就是床。

雖然曾經在外露宿，要我睡地板也不是問題，可是在自己家睡地板也太可悲了。

我其實也想要桌子跟椅子，但我現在錢不多，等下次再買吧。

「我想要盡快弄到一張新的床，可以跟您訂製嗎？只要結構夠牢固就好，其他我都不要求。」

「嗯。畢竟沒有床不好睡。我想想，那這樣價格就算妳——」

稍做思考的蓋貝爾克先生張著嘴巴，這時，耶爾茲女士豪邁地拍了他的背。

「老伯，你說這什麼話呢！難得有個可愛的小姑娘搬來——而且她還是鍊金術師。不過就是張床而已，你就當作是慶祝她搬來新家的禮物吧！」

「啊，不，我會付錢的……」

「可是，珊樂莎妳才剛當上鍊金術師，還來我們這種偏遠的鄉下地方。手頭上應該沒有太多錢吧？」

「唔……」

「而且那間房子裡面沒有半件家具吧？」

「……也對，記得奇利科那孩子搬去新家的時候，把所有家具都搬過去了吧。好，我知道了。床就當我送妳的。」

「咦！那個……這樣真的好嗎？」

「耶爾茲說的對，看到比孫子還小的小孩子搬來還不送點禮物，算什麼男人呢。等妳手頭沒那麼緊的時候，再付錢跟我訂其他家具就好。」

「太……太感謝您了！」

老實說，我現在的資金不一定夠我經營店面，能省下這筆錢真的會有很大幫助。

原本以為很可怕，但其實很大方的老伯勾起一邊嘴角，露出笑容。而我也低下頭對他敬禮，表示謝意。

離開蓋貝爾克先生的工作坊以後，耶爾茲女士接下來帶我來找鐵匠吉茲德先生。

因為預算的關係，我只先來打聲招呼。沒有訂購任何東西就前往下一個目的地——雜貨店。

「這個村莊裡的店，就只有這間雜貨店而已。這間店是一對夫婦經營的，但他們常常要去進貨不在店裡，所以大多是他們的女兒蘿蕾雅在顧店。」

雜貨店很大，差不多有其他民宅的兩倍大。

居住空間應該沒有特別大，店面部分大概也是一棟民宅的大小？

我的店就算加上店面部分也只跟一般民宅差不多大，所以比雜貨店小……

「妳好～」

這裡不像蓋貝爾克先生他們那樣沒有招牌，多少比較不會不敢走進來。

我再次隨著直接走進去的耶爾茲女士走進雜貨店，也跟著打了聲招呼。出來接待我們的是一個應該跟我差不多年紀，或者比我小的女生。

她留著及肩的長髮，表情看起來開朗活潑，面露可愛的笑容。

「歡迎光臨～啊，耶爾茲女士，妳好！妳來買東西嗎？」

「不，我是帶這女孩來一趟。」

「我叫作珊樂莎。我之後會在這裡開鍊金術店，還請多多指教。」
耶爾茲女士輕推了我一把，讓我走上前自我介紹。
「啊，妳好！我叫作蘿蕾雅。我也請妳多多指教了！……哦～妳的打扮真的很城市人耶。」
「咦？城市人？」
我有像城市人嗎？
我的打扮跟其他人比起來可是樸素多了。
畢竟我都忙著讀書，沒有時間跟錢可以花在打扮上面。
「啊，沒有，只是……妳的服裝跟行為舉止，都跟這一帶的人不太一樣……」
「是……嗎？」
這件衣服的確是前輩帶我到王都的店裡買的。
前輩們不知道是不是覺得我真的完全沒有在花心思打扮自己，不時就會帶我出門去買衣服。
而且還會考慮到我能花的錢不多，都是帶我去前輩們那種貴族平常應該不會去的二手衣店幫我挑衣服，只能說前輩們人真的很好。
至於行為舉止……有明顯到看得出來不一樣嗎？
「因為這個村莊裡基本上什麼東西都是手工的啊！常常都是覺得『反正能穿就好了』！」
「咦？可是我覺得蘿蕾雅小姐的打扮去王都，應該也不會顯得突兀耶？」

不如說，其實在王都也算有點時髦。

畢竟王都也有很多人覺得「反正能穿就好了」。就像我。

「王都！王．都！超級大都市！妳哪天有時間的話，請務必告訴我王都裡面是什麼樣的地方！」

「啊，嗯……」

蘿蕾雅小姐用雀躍的眼神靠過來，我雖然有點被嚇到，還是答應了她。

都市……嗯，王都的確比這座村莊繁華許多，但有那麼值得嚮往嗎？

王都的窮人也會窮到衣衫襤褸，而且實際上不風光的部分還比較多，我直接把這些事情告訴她也沒關係嗎？

「好了，蘿蕾雅，妳該上工了。珊樂莎是來買東西的。」

「啊，嗯。說的也是！妳需要什麼東西？我會盡全力幫妳的忙！……雖然也沒辦法幫得太誇張就是了。」

「呃，這樣真的好嗎？」

「嗯，雖然不能給妳太多折扣，不過可以多送一點東西給妳。」

「謝謝妳。那，我想要大一點的水盆跟棉被，還有一些食物。」

「水盆在這一區。木製的會比較便宜一點。」

蘿蕾雅說著指向某個地方，那裡放著好幾種可以用手抱著的水盆。
有用金屬板加工製成的水盆，也有木製的。兩種的做工都很精緻。
如果這些都是蓋貝爾克先生跟吉茲德先生做的，那的確是不需要擔心他們的手藝。
「我們這裡沒有棉被，所以要另外訂……但其實也只是請住附近的幾位阿姨幫忙做而已，如果妳會做，應該也可以自己做做看。我們有賣棉被的材料。」
原來如此。看來這種小村莊很多東西基本上都是自己做的？
順帶一提，我也會自己做。
我進學校宿舍的時候，有跟孤兒院的老師一起做過棉被。
其實我也只做過那一次棉被，但我算很擅長裁縫，自己做做看好像也不錯？
我為什麼會擅長裁縫的原因應該不難理解吧？因為我有很多東西都是修補到真的沒辦法再用才丟掉。
「食物的話——應該是妳平常要吃的吧？我們這裡有不少適合採集家帶在身上的乾糧，其他應該就只有穀類了。我們村莊都是直接找製造食品的人拿，我這裡是可以幫妳仲介一下……」
「喔，這就交給我吧。畢竟珊樂莎要在這裡住下來，先帶妳去打個照面比較好吧？」
啊，這部分倒是滿有鄉村風格的。
王都的食物都是在店裡買，不會跟生產者面對面交涉。

我好奇問問為什麼不放在店裡，說是也不知道能不能賣出去就先收割的話，會比留在田裡還要更難保存。

所以好像是跟他們要求多少量，就會現場收割給需要的人。

「的確。等您有時間的時候，再麻煩您帶我去一趟了。」

反正我也還沒辦法下廚。

我看完其他各種商品之後，總共買了木製的水盆、吊桶，還有買多一點做棉被用的布料跟棉花避免不夠，也有買一些餐具。

但帶著走不太方便，所以我先請蘿蕾雅小姐讓我借放在店裡，等回程的時候再來拿。

「好，這樣應該……就沒問題了吧。」

「反正妳有忘記買到什麼，隨時都可以來我們店裡！只要不是在大半夜來，隨時都可以幫妳服務喔！」

喔喔喔！真不愧是鄉村。

在王都的話，只要超過營業時間就會直接打烊了。

「謝謝妳。有什麼事情就再麻煩妳了。」

蘿蕾雅小姐笑著對我揮手道別，我也向她道別，接著前往餐廳。

家裡廚房還沒整理到可以煮飯，不先知道餐廳在哪裡會餓死。

「這個村莊裡只有一間餐廳，不過還滿好吃的，妳就好好期待一下吧！」

「好的！啊，耶爾茲女士也一起吃午飯好嗎？畢竟您帶我走這麼多地方，我請您吃個飯。」

反正也差不多是午餐時間了，而且我受她這麼多照顧，也該好好報答她——所以我邀請她一起吃頓飯，結果耶爾茲女士放聲大笑，用力拍了拍我的背。

嗯，好痛。

「哈哈哈！阿姨要是被年紀都能當女兒的妳請客，可就太厚臉皮了！不如我請妳吃飯吧！」

「咦！這怎麼行呢，您都帶我去這麼多地方了，怎麼能讓您再請我吃飯呢……」

「年輕人別太把這種事情放在心上！阿姨我很有肚量的！」

耶爾茲女士說完就輕拍自己的肚子。

的確是很有「肚量」……沒事、沒事，我指的當然是比喻個性的意思。嗯。

耶爾茲女士帶我來到一間旅店兼營餐廳的店。

這間店大到甚至以這個村莊的規模來說顯得有點突兀，這也算是真的有很多採集家會來這裡一趟的證據嗎？

一走進店裡，就看到有幾群像是採集家的人正在餐廳吃飯。

這個時間應該也有人正在大樹海裡採集，看來我在這裡開店應該不用擔心生意不好？

「狄拉露，我來妳這裡吃飯了！」

「哎呀，是耶爾茲啊？妳居然會白天就來，真難得。」

一名跟耶爾茲女士差不多年紀的阿姨聽到她的叫喚後，就從裡面探出頭來。

她臉上的笑容很燦爛，體型也比耶爾茲女士豐腴。

「狄拉露，別這麼說啦。妳這樣講，好像我一到晚上就會來這裡喝個爛醉一樣！」

「耶爾茲妳總是讓我們有錢賺，真是謝謝妳啊。」

哈哈哈——耶爾茲女士跟狄拉露女士笑著拍打彼此的肩膀好幾次。唔～那個「拍打」的動作，是這個村莊裡的中年女性特有的互動方式嗎？我的身體沒有很結實，被打到其實滿痛的。

「那妳今天是來做什麼的？應該不會大白天就要來喝酒吧？跟妳後面的小姑娘有關係嗎？」

「是啊。這個小姑娘可是鍊金術師呢！我是來跟妳介紹她，順便吃個午飯的。」

「那……那個，我叫作珊樂莎。我之後會在村子裡開店，還請多多指教！」

耶爾茲女士說著就把我推到前面，我連忙打了聲招呼，低頭敬禮。

「哦，妳年紀輕輕的就要開店了啊？真厲害。我是這間旅店的老闆狄拉露。歡迎妳常常來光顧啊！」

「好的。我家現在還沒辦法煮飯，應該會有好一陣子都來您這裡吃飯。」

「喔，剛搬家的確不太方便……好，我知道了！今天就讓阿姨我請妳吃一頓，當作慶祝妳搬來新家吧！」

「謝……謝謝您。」

我當然很高興能免費吃一餐，但一直被拍背真的很痛。

「哎呀，這怎麼好意思呢，狄拉露。」

「耶爾茲，我可沒說妳不用付錢啊！」

「怎麼？妳還真小氣耶。這種時候不是應該大方一點連我一起請嗎？」

「那個，畢竟是我麻煩您帶路，還是我來出錢吧……」

「看，妳竟然讓一個小姑娘說這種話。」

我有點客氣地這麼說，耶爾茲女士就笑笑地指著我說道。

狄拉露女士看她這樣，就「嘖」了一聲。

「嘖，真拿妳沒辦法。妳這一餐也可以吃免錢的。」

「呃，這樣沒關係嗎？」

雖然很感謝她們願意讓我免費吃一餐，但要是拿我來吵架，我也是會有點困擾……

我用有點困擾的表情觀察她們兩個的臉色，接著她們就面面相覷，一同哈哈大笑。

「妳別放在心上啦。我跟耶爾茲從小就認識了，一直都是這樣鬥嘴。而且耶爾茲的老公也幫了我不少忙。偶爾請她吃一頓飯不算什麼啦！」

「我們鬥嘴也只單純在打打鬧鬧而已。抱歉，讓妳多操心了。」

「不會，不是在吵架就好了。」

耶爾茲女士的丈夫好像是獵人，平常也會送肉類來這間旅店的樣子。

說有時候他也會多送一點，彼此算是互助互惠的關係，所以她們這樣小吵一架其實也只是好朋友之間特有的互動方式。

唔～我還是不懂！

是因為我不習慣跟人交朋友嗎？

「小姑娘有什麼不喜歡吃的東西嗎？」

「不，沒有……雖然只限我有吃過的東西。」

我成長的環境不允許我做挑食這麼奢侈的事，所以先不論喜好，至少沒有不能下嚥的東西。

據說世界上存在臭到不行的食物，或是明明已經腐爛了卻拿來吃的東西，要是她端出這類型的食品，我可能就有點沒自信能吞下去了。

「那就沒問題了。畢竟這裡的主要客源是採集家，餐廳裡的菜用的都是比較普遍的食材！」

原來如此，那就……嗯？餐廳裡的菜？

「這個村莊有什麼特別的鄉土料理嗎？」

「嗯？是不到稱得上鄉土料理啦。鄉下地方的人可以吃的東西滿多的。像是昆蟲、長條的幼蟲，有時候還會吃毛毛蟲……」

唔呃！那些我就不敢吃了！

除非餓到快死掉才會吃吧！

「哈哈哈！別擔心，我們餐廳沒這種菜，而且也只有村子裡某些人士愛好此道啦！」

「這……這樣啊……」

太好了。

要是吃完才被說「裡面其實有加蟲」，我搞不好會忍不住從嘴巴裡吐出少女不應該當眾吐出的某種東西！

「不過，『那個』應該就很看個人口味吧？醃漬的那個。」

「喔，『那個』啊。畢竟還是有人喜歡，就還留在菜單上。但也只有特別點那道菜的時候才會端出來啦。」

「——？」

她們的對話讓我聽得有點不放心，一問之下，才知道耶爾茲女士說的「醃漬物」比較特殊一點，會把食物放進桶子裡面醃漬一年以上。

那種醃漬物會用來當成作物歉收的時候的儲備食品，不過連這個村莊的人都不太能直接吃，一般人會先泡在水裡一段時間才吃。

但也有人特別喜愛它的酸味跟氣味，其中甚至有人可以不泡水直接吃下肚。

連耶爾茲女士跟狄拉露女士都說「不只完全不推薦妳吃，我們也不會那樣吃」，我大概一輩子都不會有機會吃到吧。

不如說拜託永遠不要有這種機會。

「總之我會拿一般的推薦好料給妳吃。先等我一下！」

狄拉露女士說著走回了廚房，隨後就拿著兩份餐點回來。

「我們這裡的午餐差不多都是這樣。雖然今天算我請妳們的，但平常這樣是四十雷亞。喜歡的話就常來吃吧！」

「謝謝您。我開動了。」

擺上桌的是豆子炒碎肉、兩個麵包，還有加了很多蔬菜的湯。

好香的味道……嗯，好好吃！

我這陣子在旅行的路上都只吃很鹹的肉乾跟很硬的麵包，還有水，光是食物還是熱的就夠讓我歡欣鼓舞了。

「看來妳好像滿喜歡的嘛。」

「嗯！真的很好吃！」

「那真是太好了！請慢用喔。」

狄拉露女士再次拍了拍我的肩膀，帶著豪邁的笑聲回去工作。

嗯，她人是很好沒錯，只是我希望肢體接觸的力道可以再輕一點。

畢竟我一直只顧著讀書，身體很瘦弱。

「抱歉啊，我們太粗魯了。因為我們村裡沒有像小姑娘這麼嬌弱的人，不太知道該怎麼拿捏力道。畢竟村子裡的女生從小就身強力壯。」

啊，我不小心把心情寫在臉上了嗎？

「不會不會，我知道大家都是好人——耶爾茲女士常常會來這裡嗎？」

「嗯？白天是偶爾才會來。因為我丈夫是獵人，白天不會在村子裡。」

「請問……您有小孩嗎？」

「我有兩個女兒、一個兒子。女兒都出嫁了，兒子是不想繼承我丈夫的事業，就離開村子去當商人……」

「這……樣啊……」

這……這種時候該怎麼回答才好？

我的人生經驗不夠多，不知道該說什麼啊！

「喔，妳別放在心上。我兒子他現在過得很好，偶爾也會來村子裡做生意。他生意應該做得還不錯吧。」

太好了。

她露出有點像在看著遠方的眼神，我還以為是已經聯絡不到了之類的情況。

「我們村子不大，該去的大地方都去過了……等吃完午餐，再介紹村長給妳認識吧。」

「啊！在這裡需要先見過村長嘛！在王都不會需要先跟地位最高的人打過招呼，都沒想到……」

「哈哈哈！我想也是啦！畢竟王都地位最高的人是國王嘛。怎麼可能輕易見到面呢！」

我對覺得好笑的耶爾茲女士露出苦笑。

搬家到王都，也頂多只會跟鄰居打招呼。

所以我完全沒有想到要先見過村長。

王國的法律不會限制個人的搬遷自由，但在這種村莊裡面要是讓在上位者對自己的印象不好，就很難生活下去了。

太驚險了！差點就要被村民聯合制裁了！

真的太謝謝妳了！耶爾茲女士！

「那個，請問村長是什麼樣的人呢？」

如果對方是比較神經質的人，那對我這種不常跟人打交道的人來說會是個難關。

「嗯～他是個已經上了年紀的老爺爺。身體看起來有點虛弱，不過應該還可以再活很久。」

「……他會很凶嗎？」

「咦？喔，別擔心啦！他是個很溫和的老爺爺。」

「這……這樣啊！」

太好了！珊樂莎我穩贏了！

哎呀～剛來這座村莊的時候還有點小絕望，但其實是個不錯的好地方吧？

雖然也可能是多虧耶爾茲女士的介紹，不過大家都對口條差的我很好。

一個地方最重要的果然就是住起來安不安心了！

「看，那個就是村長家。」

耶爾茲女士指著的是一個不算很大的普通民宅。

地點是在村莊的中央附近，只是沒有特別說的話，真的不會發現是村長家。

「我們村莊的村長需要做的工作頂多就是收稅金而已，所以妳可能沒什麼機會去找村長就是了。」

「的確。」

村長的工作是幫村民們把稅金轉交給稅務人員。

不過鍊金術師不太一樣，必須親自依照營業額繳交稅金。

因為是自由申報的關係，多少是可以在數字上造假，但這麼做當然是犯罪行為。

收入有到鍊金術師這麼多的話，基本上不會鋌而走險。

只是師父對這種制度的評語是：「還要自己記錄有夠麻煩的。拜託讓人省點麻煩吧，要多收稅金就給你收。」

「總之，他終究是我們的村長。他人脈很廣，遇到困難的時候還算可以幫點忙。跟他打聲招呼不會有什麼壞處。」

「好……」

原來對待村長的態度可以這麼隨便的？

「喂喂喂，耶爾茲。妳這麼說會不會太過分啦？」

我們說著走到村長家前面，就看到一名從民宅裡走出來的老爺爺對我們這麼說，並往我們這裡走來。

所以這個人就是村長嗎？

「哎呀，老爺子，被你聽到了啊？」

被他聽到這種話是不是不太好？但耶爾茲女士完全不顯得愧疚，直接這麼回答。

「以前那個可愛的耶爾茲小姑娘，居然變成現在這個樣子……」

「別叫我『小姑娘』啦！老人家就是這樣。這邊這位是剛搬到那間店的鍊金術師，珊樂莎小姑娘。」

「很高興認識您。我叫珊樂莎，是個鍊金術師。我從今天開始就會在這座村莊住下來，還請您多多指教。」

我在耶爾茲女士的介紹之下低頭敬禮後，村長就很隨意地揮了揮手。

「哈哈哈。妳不用這麼拘謹。畢竟鍊金術師都是菁英中的菁英。光是妳願意來我們村莊一趟，就夠讓我們高興了。」

「不會，您太過獎了……我還只是個涉世未深的年輕人……」

「不不不，光是妳身為鍊金術師，就對我們村莊有很大的幫助了。我才要請妳多多指教呢。妳遇到什麼狀況我都可以幫忙，有問題就儘管說吧。」

「好的，非常謝謝您。」

雖然講得有點浮誇，但村長說的也沒錯。

沒有醫生的小村莊裡有沒有鍊金術師，其實攸關村民們的性命。

就算只是剛學鍊金術的初學者，也能做出一些鍊藥，而且擁有醫學知識。

甚至鍊金術師還比一般醫生可靠。

但要是因為這樣就太過傲慢，鐵定會被整個村莊聯合起來制裁。

所以我會常保謙虛。對，謙虛。

◇　◇　◇

「好了！我還有很多事要做，要趕快整理好才行！」

我逃離感覺很閒的村長的閒話家常，回來把在旅行期間換下來的衣服全放進桶子裡，用魔法變出水來迅速清洗乾淨。

──嗯，其實一般生活中不需要用到水井，也還有辦法處理用水問題。

至於我為什麼會需要吊桶，則是因為鍊金術跟栽培藥草，還有要加入鍊藥作為醫療用途的水，有時候會需要避免使用透過魔法產生的水。

魔法絕非萬能。不過，用來洗東西就很方便。

我一樣用魔法把洗好的衣服弄乾，接著換打掃家裡。這部分也可以利用魔法。

我打開家裡的窗戶，用風系統的初級魔法「微風」吹掉堆在書櫃上的灰塵──而這又被稱作「打掃魔法」。

「再來只要稍微擦一擦……啊，沒有抹布。」

我不可能會把在宿舍用的抹布帶來這裡，當然是丟掉了。可是用剛才買來做棉被的布料來當抹布又太浪費了。背包裡有什麼能用的東西嗎……？

「這個還能穿。這個還很乾淨，應該可以有別的用途。那就是……這個了？」

我選的是已經變得有點太小，不太能在平常穿的衣服。

這種衣服一般會拿去二手衣店賣掉，或做成其他布製品，如果布料很破舊，也會拿來當抹布。不過這件衣服有很大的紀念性質，所以我才會留在身邊。

那是我確定可以入學，正準備搬進宿舍時的事情了。

我進宿舍那一天有特別穿好一點的衣服，之後院長對我說：

『妳的衣服看起來有點寒酸。今天可是大好日子，妳就穿高級一點的衣服吧。』

院長只是想要我用獎學金弄件跟在孤兒院裡穿的不一樣的衣服，完全沒有惡意。可是，當初我只有那件衣服可穿。

只是我也不想穿著寒酸的衣服進學校，就臨時請院長陪我去挑新衣，而其中一件就是這件可能變成抹布的衣服。

那時候我心想反正很快就會再長大，有買稍微大一點點的尺寸……

「記得我到不久之前都還在穿這件衣服呢……」

不不不，現在穿已經穿不下了。

畢竟這可是我十歲那年買的衣服！

它現在已經很破舊了，實在很難不顧他人眼光穿著它在外面走。

但還可以拿來當睡衣——我可沒這麼想。絕對沒有。

別擔心，我還是有長大。

一定至少有長到我這個年紀的平均值……吧？

——話說回來，我沒有問蘿蕾雅小姐的年紀，不知道她今年幾歲？

我的發育比她稍微差一點……就一點，就一點點而已！

「還是有什麼能促進成長的鍊藥……但先不論我要不要用。」

我想著這種沒有意義的事情，迅速把剩下的地方擦完，接著就早早鑽進毯子裡，結束我在新家的第一天。

◇　◇　◇

「嗯～～好久沒睡得這麼好了！」

隔天早上，我在醒來以後大大伸了個懶腰，再瞬間放鬆力氣。

我很久沒在安全的地方睡得這麼安穩了，所以就算是睡在地板上，還是覺得醒來神清氣爽。

從兩扇窗照射進來的陽光也很明亮，很舒服……

「只是冷靜下來看看……就覺得這個房間真的很無趣。」

這個房間至少有我先前住的宿舍房間兩倍以上大小。

再加上這裡沒有半件家具，又會顯得更寬闊一點。

而我就是圍著一條毯子睡在這間房間的角落。整體畫面有點怪。

老實說，這個房間真的很無趣——不對，才不是無趣。

是還有空間可以親手加上裝飾。嗯，對。畢竟這可是我特地買下來的房子！

我在孤兒院是跟大家一起住，宿舍房間也沒太多空間。

不過，我現在可以隨心所欲地裝潢布置這間房子。當然前提是不能超過預算。

一想到這裡，就覺得什麼都沒有好像也不是壞事？

「好了，先不管這個。今天終於可以去看工坊了！呵呵呵呵……」

那個我昨天忍著沒進去，但以後就是我專用的工坊！

鍊金術師應該都能理解「自己專用的工坊」聽起來有多麼迷人吧？

我都忍不住笑出聲了。

我克制自己想早點去工坊的心，先把昨天剩下的晚飯當作早餐吃完，才站到工坊的門前。

「我要開門了！」

我打開門走進裡面，點起燈光。

「——喔喔喔喔～～～哼呵！哼呵呵呵！」

哎呀。不小心發出被人聽到就準備接受異樣眼光的笑聲了。

可是我真的控制不了啊！

畢竟這個工坊真的棒透了！

首先是鍊金爐。

這個道具非常重要，沒有它的話，大多數的鍊金術都會無法成功。

我本來有在猜工坊裡也是有可能沒鍊金爐，但不只有，還大到我幾乎可以整個人進去裡面。

如果說師父送我的鍊金術道具組（庶民買不起的高級貨）裡面附的鍊金爐是一隻手拿得動的鍋子大小，應該就能理解這個鍊金爐有多棒了吧？

再來是玻璃爐。

它主要的用途是製造裝鍊藥用的藥瓶，而有沒有玻璃爐其實也是一大重點。有幾種鍊藥會需要調整製造瓶子用的玻璃，所以需要特地從其他地方弄瓶子過來的話，會很麻煩。

這裡還放有其他一些小道具跟各種材料，跟其他空蕩蕩的房間相比起來真的是充實到不可思議——應該說超級不可思議的。

雖然是不到師父的工坊那麼高級，只是對一個剛離開學校的鍊金術師來說，也算非常豪華了。一想到自己買齊這些東西要花多少錢，就感覺頭好暈。

「我只花一萬雷亞買這間房子耶……」

鍊金爐當然不可能是少少一萬雷亞就買得到的東西。

甚至光是把剩下的材料拿一點去賣，就能輕鬆賣到一萬雷亞以上。

「買下這裡是不是很賺？……不對，是真的超賺的。」

雖然一開始看到房子的外觀還很失望，但上一個用這座工坊的應該是很高階的鍊金術師吧？

對方好像是個老爺爺，不曉得是什麼樣的人？

我不認為鍊金術師會不懂這個房間有多少價值。

……這間房子應該不會有什麼很嚴重的問題吧？

王都的房子也是如果有因為發生慘案出現怨靈，就會變得很便宜……可是真的有問題的話，耶爾茲女士應該不會是那樣的態度。

在意歸在意，但畢竟是學校幫忙仲介的，照理說不會是什麼奇怪的房子。

嗯，就當作是這樣吧。不然我會在意到沒辦法安心住在這裡。

「這裡……看來不是很需要打掃。」

不知道是不是有特別讓工坊的「清掃」效果比較強，這裡的髒汙相對少了一點。

「啊，對了！要把《鍊金術大全》擺好才行！」

工坊的角落擺著一個書櫃，看起來就像是要人把《鍊金術大全》放在那裡。而且我猜前一個人應該也是擺在這裡。畢竟是鍊金術師嘛！

我馬上拿背包過來，把《鍊金術大全》一本本放進書櫃。

光是再把師父給我的新道具也整齊擺進去，就是幅美麗的景緻了。

「呵呵呵……這就是鍊金術師工坊該有的景象！太棒了！」

別說我是怪人！

雖然我的情況有點特殊，但擁有自己的店面跟工坊本來就是鍊金術師都會有的一個目標。

我怎麼可能不會高興呢！

我現在亢奮到已經不只是想偷笑，還想哈哈大笑！

「呵呵呵呵，要先來做什麼好呢～♪」

我踩著輕快腳步在工坊裡走動，把道具一個個拿在手上欣賞。

這種時候就很想馬上來用用看。

這很理所當然吧？

可是，做簡單的鍊藥又有點無趣……

「嗯……啊！現在做那個應該剛剛好！」

我跑回自己房間拿昨天買的布料過來，再一起放進鍊金爐裡面。

就算我多買了很多布料，還是有辦法全部放進這裡的鍊金爐。

用師父給我的鍊金爐有點難鍊製這些布，所以這肯定很適合當作在這座工坊值得紀念的第一次鍊製。

「再來就是……」

我想起以前做棉被的情況，往鍊金爐裡加水跟幾種材料製成藥水，再點燃魔力爐的火加熱，以及攪拌。

說是「火」，倒也不是真的點燃木柴替鍊金爐加熱，只是灌注魔力而已。不過鍊金爐的尺寸愈大，魔力爐要消耗的魔力也愈大。

「這……的確可以清楚體會到為什麼大型鍊金爐沒有很普遍。」

連魔力量很多的我用起來都會很累，應該有半數鍊金術師都很難正常用這種尺寸的鍊金爐吧？

我在消耗不少魔力煮了三十分鐘左右以後熄滅魔力爐的火，再把鍊金爐從魔力爐上面拿下來……拿下來……拿！下！來！

「糟糕，太重了拿不下來……」

裝滿水的鍊金爐比我預料中的還重。

——不對，應該說我沒有想到這一點。

容量大到可以裝進我整個人的金屬鍋爐裝滿了水，當然隨便都會超過一百公斤。一般不可能抬得動。

「好吧。雖然我不是很擅長這種魔法……」

我緩緩調整好呼吸，讓魔力流竄全身。

然後在這種狀態下用力抬起鍊金爐！

「哼唔！！！」

哎呀，糟糕。

不小心發出一般淑女不應該發出的聲音了。

我搖搖晃晃地把鍊金爐抬到流理檯，再一口氣翻過來倒光鍊金爐裡的水。

「呼──～」

我吐出一大口氣，解除體能強化的效果。

就算使用的時間不長，也會很累。因為我不是很擅長體能強化魔法。

──不不不，這不能怪我啊。畢竟我身體沒有很強壯。

如果只強化一點點是不至於這麼累，可是要把我的肌力強化到可以舉起幾百公斤重的東西，要強化的量就會非常大。會很需要非常高超的操控魔力技術。

師父她可以一邊說著「這用來防身也很方便。妳努力學起來吧」，一邊面不改色地用魔法強化體能，但一般根本沒辦法像她那樣。

我也是覺得太柔弱的自己不好好習慣體能強化的話，很多事情都會不方便啦。
而且有些鍊金材料的事前處理也會很費力……
「算了，這件事以後再來煩惱！現在要先處理正在做的東西才行。」
我把水淋在留在流理檯的布料上，接著，原本呈現褐色的布料也在清洗之下慢慢變成漂亮的天藍色。
「嗯！這顏色真好看！跟我想的一樣！」
我當然不只是單純幫布料染色。
畢竟我是鍊金術師，不是開染坊的。
一般會把這個稱作「環境調節布」，也就是有額外添加調節溫度跟濕度效果的布。
我把布料調整成會讓人摸起來覺得很舒服的狀態，所以用這些布料做成寢具的話，鐵定會很好睡！
順帶一提，顏色部分是我的喜好。雖然會多費一點工，可是沒有染色過的環境調節布會是有點醜的褐色，不是很美觀。
好不容易可以親自打理自己的房間，我可不想用太難看的棉被。
沖掉布料上的藥水之後，接著拿去曬乾。
反正這種布很漂亮，就拿到店門口曬吧。

一把布料掛在樹木間的繩子上，就能看見涼爽的天空藍在風中搖擺，真是太美了。今天天氣也很好，應該過幾小時就可以曬乾。

我很高興染出來的顏色比想像中的還要更喜歡，滿意地點了點頭。這時，我聽見馬路上傳來拖著貨車的聲音。

「哦，這塊布還挺漂亮的嘛。」

「啊，蓋貝爾克先生。」

回頭一看，就看見拖著貨車的蓋貝爾克先生站在我眼前。

他的貨車上載著很像床的東西，可是好像零零散散的……？

「那個是……床嗎？」

「對。妳的床做好了，所以我把它載過來妳這裡。」

「是嗎？可是形狀好像怪怪的……」

「因為還沒把它組起來。組好才載過來很難搬進屋子裡吧？妳要放在哪裡？」

「啊，說的也是！麻煩您幫我放在二樓。」

我替扛著大型零件——應該是床板的蓋貝爾克先生帶路，走進屋裡。

我直接走到二樓，指明希望把床放在哪個位置之後，蓋貝爾克先生就以迅速到我根本沒有插手餘地的速度搬好所有零件，在短短幾分鐘內組好一張床。

我坐上去試試看坐起來的感覺，發現它的結構非常精實，也完全不會晃動。

「這是很一般的床，應該不會有什麼問題，但要是有什麼狀況就再跟我說一聲。」

「不不不！明明是臨時請您趕工做的，品質卻跟王都的家具比起來毫不遜色！真的很謝謝您。」

「哼，我就算要趕工，也不會偷工減料。再順便送妳這個。沒有椅子妳也沒辦法顧店吧？」

蓋貝爾克先生說著就把兩張椅子放到店面區域裡。它沒有椅背，只是張很簡單的椅子，但有沒有這些椅子的確會有很大的差別。

雖然我很感謝他願意送我椅子……

「我真的可以免費收下這兩張椅子嗎？」

「我不介意多送妳這兩張椅子。反正這東西做起來不費工，小孩子就別這麼客氣了。」

蓋貝爾克先生對實在不好意思多拿他送的東西的我說完這句話，就輕輕揮了揮手迅速離開。

仔細一看，才發現他雖然說椅子不費工，卻也跟床一樣有細心削過邊角跟打磨。材料也是用摸起來很舒服的原木，木材表面很明亮，還有特地抹過油。

這再怎麼樣都不會是隨便做做的家具，而且雖然樸素，卻也感覺得到當中帶有一股溫暖的人情味。

「嗯～不愧是專業資深工匠親手打造的家具。我也要向他看齊才行！」

就在這時候，我的肚子發出了「咕嚕嚕嚕～」的抗議聲響。

「啊～已經中午了啊。我從一大早就光顧著待在工坊裡，都沒發現……」

我太高興可以擁有自己的工坊，都忘記時間了。

「雖然很想去吃飯……可是就這樣把環境調節布放在這邊，真的不會怎麼樣嗎？」

雖然外表看起來只是普通的天藍色布料，但它畢竟是昂貴的環境調節布，我有點不放心把它留在我看不見的地方。

「唔唔～該怎麼辦呢？要先收起來再去吃飯嗎？可是它又還沒乾……」

「珊樂莎小姐～午安～～」

正在煩惱的我聽到了一個聲音。是雜貨店的蘿蕾雅小姐。

「咦？蘿蕾雅小姐，妳有什麼事嗎？」

「我想說……妳才剛搬來這裡，不知道有沒有什麼我可以幫上忙的事情。」

「哇！我正好需要幫忙呢！」

剛好來了一個適合幫我顧好布料的人！

哎呀～這裡真的太有人情味了！

明明昨天才剛認識，今天就說想幫我的忙。蘿蕾雅小姐真是個大好人！

「對了！蘿蕾雅小姐吃過午餐了嗎？」

「啊，我還沒吃。因為媽媽他們剛才一回來，我就離開店裡了……」
說著這番話的蘿蕾雅小姐看起來有點害臊，不過她來得正好。
「我請妳吃午餐，妳可以先幫我顧著這塊布嗎？」
我說完就指著還晾著的布料。蘿蕾雅小姐在答應之後提出了小小的疑問。
「是沒問題，不過，這是昨天在我們店裡買的布嗎？」
「嗯，對。我有幫它染過色。這顏色還不錯吧？」
「是啊！太漂亮了！原來珊樂莎小姐連染色都會嗎？」
看她用燦爛無比的笑容這麼說，我微微苦笑著回答：
「這其實也是一種鍊金術。我去買午餐，妳在這裡等我一下！」
我請蘿蕾雅小姐在店門口顧著，急忙往狄拉露女士的餐廳跑去。

幾十分鐘後，我拿著從餐廳外帶的午餐回來，就看見蘿蕾雅小姐依然坐在玄關前面等我。
「啊～對不起，我應該讓妳在裡面等才對。」
「啊，沒關係，我不介意。而且今天天氣很好。」
「是嗎？總之，雖然還有點早，就先來吃午餐吧。反正天氣還滿不錯的，在這邊吃可以嗎？」

我說著微微舉起手上的午餐，蘿蕾雅小姐也笑著答應了我的提議。
我從房間拿墊子過來鋪在玄關前面，把從井裡取來的水倒進昨天剛買的杯子，再放到墊子上。
我原本心想應該不會有需要用到杯子的訪客來我家，不過也幸好我還是買了兩人份的餐具，真是明智之舉。只是我沒有茶，也沒有水壺，所以只能提供井水。
「對不起，我這裡只有井水可以喝。我現在連鍋子都沒有……」
「啊，沒關係、沒關係，反正我家也是喝井水。而且這裡的水很好喝。記得妳這間房子有水井吧？我們家是用共用的水井，取水還滿麻煩的。」
「畢竟鍊金術會用到水。是說，這裡果然是大家共用水井嗎？」
「對，是幾戶人家共用一個。我們村裡有水井的地方是旅店跟鐵匠的家，另外還有其他幾個地方。」
這個村莊就在大樹海旁邊，水資源本身算非常充沛，但似乎因為成本太高，沒辦法幫每戶人家都挖一口水井。
反正水井不會乾枯，應該也沒必要硬是多挖好幾口井。
「這裡的人都不怎麼喝茶嗎？」
「沒有，這要看大家的喜好跟有沒有錢買茶。我們這裡主要是喝森林裡一種蘇耶樹的樹葉泡的茶，不喜歡這種茶的人就要另外買。」

「耶爾茲女士泡給我喝的應該就是那種茶吧？蘿蕾雅小姐不怎麼喜歡嗎？」

「不，我都可以喝。只是我母親好像不是很喜歡。」

「原來如此。」

端上餐桌的東西難免會反映出做菜的人的喜好。

順帶一提，我基本上都是喝白開水。

因為茶在王都要用買的，而且畢竟是非必要的個人嗜好，價格不算便宜。

但師父的店裡有茶可以喝，所以我知道品質優良的茶很好喝。

這也導致我不會很想喝便宜的茶。

因為我一定會忍不住拿來跟好喝的茶比較。

不過，喝喝看完全不同品種的茶或許也不錯？

畢竟這樣的茶喝起來應該也是一種享受，最棒的是它不用錢。

「話說，這塊布真的很漂亮呢～這一帶很少有機會看到顏色這麼鮮豔的布。我們雜貨店也因為這種布太貴了，不會特地進貨。」

「是啊，普通的染色方式很難染出鮮豔的顏色……對了！我等等要做棉被，妳可以幫我一點忙嗎？我可以分一些這種布給妳當謝禮。反正我染了滿多的。」

「可以嗎？啊，可是，我頂多只能幫忙縫布而已。」
蘿蕾雅小姐本來一聽到我這麼說還很開心，卻又馬上露出不知所措的表情。
但沒問題。做棉被的大部分作業都只要縫直線就好。
「沒問題、沒問題。只要能縫出筆直的縫線就可以了！」
我學起這個村莊的作風，往蘿蕾雅小姐的背上拍了幾下。

做棉被的作業簡單來說，就是把布料縫成一個袋子，再把棉花裝進去。就這麼簡單。
不過，這個「塞棉花」的步驟其實挺困難的。
需要把棉花整齊弄成棉被的形狀，等棉花塞滿棉被之後，再把棉被跟棉花縫起來，避免棉花跑掉。這些都需要一點訣竅。
「哦，原來棉被是這樣做的啊……」
「蘿蕾雅小姐是第一次看到棉被怎麼做嗎？」
「對。雖然說起來有點害臊，但我們家沒有用這種裝著棉花的被子……」
「啊～原來如此。」
也對，因為棉花意外昂貴，資金不夠充裕的話，就做不了這種塞滿棉花的棉被。
我在孤兒院也是蓋超級薄的被子跟毯子，還跟別人擠在一起睡。

進宿舍那時候會做棉被，也是因為我有領到獎學金，還有被孤兒院的老師說：「妳既然要讀很好的學校，就該帶些不會丟臉的東西進去才行！」

雖然也用不著考慮怎麼樣會「丟臉」或「不丟臉」啦，畢竟我住在學校的那五年，完全沒有人來過我的房間。呵呵……

做完床墊跟棉被以後，就換做床單跟被套。

這些只需要動手縫，所以我們兩個就這麼一邊聊天，一邊縫著布料。

說「只能幫忙縫布」的蘿蕾雅小姐手非常巧，老實說比我還要厲害。原來我自以為很擅長的裁縫，終究也只有普通人的程度嗎……

不過，也多虧她的協助，我們在傍晚做好了一整套寢具。

「謝謝妳～！這樣我今天就可以睡個好覺了！」

我舉高雙手歡呼，抱住了蘿蕾雅小姐。

其實我沒有想到可以一天就搞定，本來還打算今天也包著一件毯子睡覺，結果卻出人意料。真的太感謝蘿蕾雅小姐了。

「不會，我本來就是來幫忙的，這點事情不算什麼。」

被我抱著的蘿蕾雅小姐有點害羞地這樣回答我。連我都抱到手開始痛了，她一定也覺得很痛。

「好，這塊布送妳！」
我從剩下的布料裡剪下可以做好一套被子跟床墊的長度，遞給蘿蕾雅小姐。
就算不特地做成被子，而是做成床單或被套，也一樣可以充分發揮環境調節布的效果，對她一定只有好處，沒有壞處。
「我真的可以收下它嗎？這塊布這麼漂亮，應該很貴吧。」
「別在意。如果是擺在我店裡賣的就不能免費送了，但我也還沒開店。啊，那塊布是環境調節布，推薦妳可以像我一樣拿來做寢具。」
「咦咦！那又比一般的布更貴了吧……」
「沒關係、沒關係。反正我是自己想用才做的。就當作是我們當上朋友的紀念禮物吧。」
蘿蕾雅小姐臉上浮現像是在說「這樣好嗎？」的表情，我對她揮了揮手，假裝不經意地說我們是朋友。應該不會引起她反感吧？
「這樣啊。謝謝妳。」
蘿蕾雅小姐看起來很高興地對我道謝。
很好，她沒有覺得反感。
雖然我認為她會這麼高興，應該是因為那塊布。
「啊，既然是環境調節布，那用來做衣服應該也很好穿吧？」

「嗯～它的效果沒有很強，做成衣服應該有點微妙？但也不是完全沒意義就是了。」

這種布會藉由環境魔力或睡著的人身上散發的微量魔力發揮作用，不會有太過顯著的效果。

不然我也不會特地做要塞棉花的被子。

我其實也會做效果更好的環境調節布，只是那樣會消耗更多資源，也會需要耗費更多魔力來發揮效果，完全不建議做成被子。

畢竟要是睡覺休息還因為消耗魔力產生疲勞，就本末倒置了。

「好，原來如此。我知道了。」

「是說這樣也用掉了不少棉花。蘿蕾雅小姐，你們店裡還有棉花嗎？」

「有，庫存還夠妳買跟昨天一樣的量。」

「那我這陣子還會再去買一次。我還想做軟墊跟坐墊。」

「哇～妳真的好厲害。哪像我的零用錢就完全買不起棉花……」

蘿蕾雅小姐以深感佩服的語氣說道……不不不，等一下。

「蘿蕾雅小姐，畢竟我已經成人了啊。而且也有在工作耶。」

不對，正確來說，我的店是還沒開始營業啦，但我認為自己的經濟能力至少比頂多幫家裡顧店拿零用錢的蘿蕾雅小姐高吧。

「啊，說……說的也是。不知道為什麼一直覺得妳好像跟我差不多年紀。」

「呃，蘿蕾雅小姐現在幾歲？」

「現在是十三，再過不久就十四歲了！」

唔唔！竟然比我小兩歲……？

「這……這樣啊。哦～那妳發育很好耶。」

「會嗎？我自己是覺得跟朋友們比起來算發育比較慢一點的。」

蘿蕾雅小姐以非常純真，而且不帶任何惡意的語氣這麼說。

嗯，我想也是。其實我自己也知道。

畢竟我以前住在同齡的人比這個村莊多上很多的王都。

所以我知道自己發育得比別人慢了一點。

沒關係，我還在成長期——跟一年前差沒多少一定只是我的錯覺。

「那珊樂莎小姐呢？」

「我嗎？我現在十五歲。」

「哦～這樣啊。」

嗯？妳剛剛是不是偷偷在看什麼地方呢？蘿蕾雅小姐。

如果她視線移動的方式更明顯，我就要直接把她當敵人了——不對不對，我不能因為這點小事，就失去一個朋友。

我用笑容抹去悄悄探頭出來的負面情感，繼續跟蘿蕾雅小姐閒聊著我們這種年紀常見的話題，直到太陽下山。

◇　◇　◇

隔天，昨天用掉不少的布料跟棉花，不知道為什麼變得比原本還要多了非常多。

呃～嗯，其實也不是發生了什麼神祕現象，只是蘿蕾雅小姐的爸爸早上來了一趟，留了很多新的布料跟棉花給我而已。

身為商人的他好像昨天一看到蘿蕾雅小姐帶回去的布，就看出那塊布值多少錢了。

他說「我們不好意思只是讓小孩幫妳半天的小忙，就收下這麼高貴的東西」，之後就有點強硬地送給我這批布料跟棉花。

那塊布放在店裡賣的話，的確是比這些布跟棉花還要貴，可是人家畢竟是特地來幫我的，我是不介意免費送她啦。

順帶一提，給蘿蕾雅小姐的那塊布聽說做成他們一家三口的床單了。

他們也說睡起來非常舒服，有特地向我道謝。

總之，反正拿都拿了，過一陣子再把這些布拿去染色。

現在最重要的是要想辦法開店。不然總有一天會把錢用光。
「屋子裡面暫時就先這樣，今天來看看外面吧。」
首先是屋頂。
萬一屋頂受損，對一間房子來說就是很致命性的問題了……看起來是沒怎樣。
鋪在屋頂表面的金屬板似乎有用鍊金術強化過，比我想像中的還要牢固。這樣應該好一陣子不用擔心屋頂壞掉？
只是店面招牌受損很嚴重，就拿去給蓋貝爾克先生修理吧。
外牆也沒有很致命性的損傷，但還是多少需要修補，這個也順便麻煩他處理好了。
「問題是這座長滿草的庭院，還有柵欄。」
已經很破爛的柵欄沒有也沒差，直接拆掉也……啊，不行。
要種藥草田的話，就需要圍柵欄避免動物入侵。
草的部分是可以用魔法一口氣清理掉，但不曉得該說我幸運還是倒楣，這座庭院的雜草之間還夾雜著藥草。要不管那麼多，直接全部割掉嗎？
不，沒辦法放過任何小錢的我才狠不下心。
「……好，來整理一下我該做什麼吧。」

・開店
・製作要放在店裡賣的商品
・處理好柵欄
・處理好庭院跟藥草田
・讓水井更方便取水
・把浴室打理到可以用
・把環境整理到可以用魔導爐煮飯

「短期到中期的目標大概就這樣吧？」
再來就得決定執行的順序了。
但其實也不是很難決定。
如果以「開店」為基礎來想，「製作商品」就會在它的前面。
畢竟沒東西可以賣，就開不了店。
柵欄跟庭院應該也在開店之前吧？要是外觀不好看，也吸引不到客人上門。
到時候再順便把庭院裡的藥草做成商品就好。
剩下的都不用急，等有時間再來處理。

「這樣第一個要處理的就是柵欄了。反正商品等太陽下山以後也可以做。」
我輕輕踢了房子前面的柵欄。
磅、啪。
……嗯，一踢就倒。看來要重新做過新的了。
柵欄只要釘好柱子再把木頭橫著放上去就好，這麼簡單的工程應該不需要麻煩工匠來弄吧？
而且我是不是也該自己弄，多省一點錢？
其實鍊金術師因為平常要製作鍊器，多少能處理一些簡單的木工作業。
雖然我也沒有木工工具就是了。
畢竟在學校的時候會去實習室弄，在師父那裡也是直接借店裡的工具。

於是，我來到了雜貨店。
「妳好～」
「啊，珊樂莎小姐，昨天真的很不好意思！我回去問了價錢以後，就……」
「啊～我才要跟妳道歉。我本來只是想送妳當禮物，可是好像有點太貴了，不太適合隨便送人。結果反而是我免費收到你們送的布料跟棉花。」
蘿蕾雅小姐一看到我的臉，就連忙向我道歉。我揮了揮手，告訴她是我思慮不周。

「不！請妳務必收下我們的回禮！爸爸說那樣都還不夠還妳的人情。妳不收的話，我們反而會很不好意思用那塊布。」

啊～嗯，這麼說或許也是有道理。

尤其以後如果要把那種布放在店裡賣，那「曾經幫了半天的忙就免費拿到那塊布」這樣的事實，可能對我們彼此都不好。

「那，就謝謝你們送我的大禮了。」

「請妳一定要收下！──對了，妳今天是需要什麼呢？」

「你們這裡有木工工具嗎？我想要買一整套。」

「啊，有。我們這裡有一般家庭用的木工工具。如果是要比較高級的東西，直接跟吉茲德先生訂購會比較好。珊樂莎小姐，妳要用這些工具做東西嗎？」

「我想修理一下房子外面的柵欄。」

「咦？妳要自己修嗎？不請蓋貝爾克爺爺修嗎？」

蘿蕾雅小姐的語氣聽起來很驚訝，這有這麼值得驚訝嗎？

自己做柵欄應該很簡單吧？

「嗯～因為我想說做柵欄很簡單，應該可以自己做。」

「不，我不是這個意思。把做柵欄的時間用在鍊金術上，不是可以賺更多錢嗎？」

「……喔喔！蘿蕾雅小姐真聰明。」

蘿蕾雅小姐說的對，仔細想想，我請人修理柵欄，把多出來的時間拿去製作要賣的鍊金道具，讓我的店可以更早開張，應該還可以多賺一點錢。

我從還在孤兒院的時候就秉持著「盡量不花錢，盡可能自己動手做」的精神，才會先冒出自己修理的想法，但我已經正式當上鍊金術師了。

對，我可是人人稱羨的——

高收入鍊金術師！

我真的很努力才走到這一步！我就是人生贏家！

……等等，先冷靜點。

說到這個地步就有點太過了，總之，重點就是以後遇到不是我專攻領域的事情，也需要考慮花錢請別人幫忙吧？這樣也比較能專心在鍊金術上，對吧？

「嗯。妳說的對。那我會找蓋貝爾克先生幫忙修理。不過我還是需要買木工工具，畢竟還是會用到。」

「好的～謝謝惠顧。」

「嗯，妳要修的是這個柵欄吧。還有牆壁跟招牌是嗎？柵欄的造型跟原本的一樣就好嗎？」

「呃～店門口的跟以前一樣就好，但既然要全面翻新了，可以麻煩側面跟後面幫我做成兩公尺高的木板牆嗎？」

我跟蓋貝爾克先生一同走回家門口，馬上提出需要他幫忙處理的項目。

「是可以，但為什麼要做成木板牆？這樣會比較貴喔。」

「那個，呃，畢竟我是女生，不要讓人看到我的換洗衣物之類的比較好……吧？」

「哈！我們鄉下地方沒人介意這種事情的啦。而且每間房子都隔很遠——但客人想訂做什麼，我都會幫忙做啦！」

嗯，的確，我把洗好的衣服那些拿去後院曬，應該也不太容易被看到。

連最近的耶爾茲女士家也離我家有一段距離，再加上周遭長滿草木，房子後面還有一片幾乎要侵入庭院的森林，本來就有很多遮蔽物。

但我心情上還是想要有幾面牆擋著。

還要避免藥草田受損。避免有動物闖進田裡。

店門口就反過來繼續用原本簡單的柵欄造型，讓客人比較願意走進店裡。

考量到我這些需求以後的結論，就是後面跟側面一半左右的部分用石牆，上面再擺設木板牆，其他地方就用視覺上不會讓人感到壓迫的柵欄。

招牌跟牆面我沒什麼概念，就全權交給蓋貝爾克先生處理。

其他一些細項也全交給他判斷。

我相信蓋貝爾克先生一定會幫我弄得很完美！

我這樣告訴蓋貝爾克先生，他就「哼！」了一聲，說完「我明天就會來這裡幫妳整修」，就離開了。

「他……一定只是在害羞吧？嗯，應該不是不喜歡我這樣說……吧？」

雖然有點在意……但我現在沒時間想這個。

蓋貝爾克先生做事有效率到可以一天做好一張床，那他很可能一下子就把房子周遭都整修好了。這樣柵欄附近的零錢（藥草）都會變成垃圾啊！

「要趕快收集起來才行！」

我從家裡拿出籃子，專心拔掉長在柵欄旁邊的藥草。

「喔，是很珍貴的藥草耶！」

直接拔掉太浪費了，所以我把它連根挖起來，拿去避難。

之後再重新種下去吧。

「一般的草應該不用管它吧。」

要做石牆的話，應該多少會翻過這附近的土。沒必要特地去拔。

我就這麼繞了房子周遭一圈。

除了吃午餐跟補充水分以外，我一直到傍晚都在拔草。
雖然累得要死，但本來雜亂的庭院已經整理到至少可以見人，也收集好大量的藥草了。不枉費我這麼努力。
「哎呀～我是不是有點努力過頭了啊～？」
而且我等等還要製作商品。
先不論剛才收集的藥草，第一天收集的藥草再不趕快拿來用，效果就要變差了。
我有做過簡單的保存措施，應該是可以撐到明天，可是明天也要處理今天收集的藥草。
「不過，我還真沒料到這裡有這麼多珍貴的藥草呢！」
這裡長了好幾種一般要花不少錢買的藥草。
我也知道應該是前一個屋主種的，我很佩服這些藥草竟然沒有枯掉。
這些藥草跟一般藥草的價格不一樣，所以我當然是全部收集起來，再重新種到有翻過土的田裡去。
這下就多了很多種我可以免費製作的鍊藥了。
免費真的是個很動聽的詞彙呢！
「但現在還是先休息一下吧。真的好累……」
我走進家裡輕輕擦拭過身體，就出門前往餐廳，準備吃一頓熱騰騰的晚餐。

隔天，我比平常稍微晚一點起床，聽到家門口似乎有點聲響。

「嗯～～嗯？是什麼聲音啊？」

我昨天熬夜到很晚，現在腦袋還沒醒過來。

我本來打算多少製作一點鍊藥就好了。

可是從我途中發現藥瓶不夠的那一刻開始，整個計畫都亂了調。

既然沒有藥瓶，不就只能自己做了嗎？

做藥瓶就要往玻璃爐裡面添火了吧？

到這一步就沒辦法回頭了。因為把玻璃燒熔之後，不一次把材料用光會衍生出各種麻煩。

所以我很專心地一直在做藥瓶。然後把冷卻的藥瓶一個個裝滿鍊藥，再加以密封。

我不斷重複這段工序，等玻璃全部用完的時候，天色已經開始變亮了。

也因為這樣，我已經做好了大量商品……

「啊～唔～～？」

我緩慢起身，看往窗外……發現有很多男人在外面。

◇　◇　◇

……啊，記得說今天會開始幫我做柵欄嘛。

不愧是蓋貝爾克先生，動作比我預料得還要迅速。

居然一大早就可以開始弄……而且材料也已經堆在旁邊了。

我應該要去打聲招呼，才不會失禮吧？

我鞭策疲累的身軀起床，在整理好儀容後走到外頭。

「早安，蓋貝爾克先生。」

「喔，早安，小姑娘。妳家庭院變得滿乾淨的嘛。」

蓋貝爾克先生指的是我昨天努力把它從「雜亂至極」升級成「看起來有點疏於照護」的庭院。

我還只有拔過草而已，所以還遠遠稱不上「經過精心照護的庭院」，但也的確比原本的狀態好上不少。

「嗯，是啊，我昨天有花力氣清理一下。」

「所以妳才會看起來這麼累嗎？」

「您看得出來嗎？整理庭院的確也是我有點累的原因之一。」

我以為自己有把儀容打理到看不出疲勞，但看來還是能讓人看得出來。

其實真要說的話，我的疲勞主要是來自睡眠不足。

「那，呃……呃……他們是……？」

「他們是我們村裡的男丁。有大規模工程的時候，我都會叫他們來幫忙。我想他們應該是不會亂來，但要是真的有人騷擾妳，就跟我說一聲。我會好好教訓他一頓。」

蓋貝爾克先生右手拿著很大的槌子。

他說著這番話，俐落地揮了槌子幾下。

到時候會不會「教訓」到把人都敲扁了？

總覺得有幾個人聽到蓋貝爾克先生這句話就變得面色鐵青，應該不是我的錯覺。

「大家早安。我叫作珊樂莎，是前幾天剛搬來的鍊金術師。還請各位多多指教了。」

我還沒跟他們打過招呼，就趁這個機會好好問候一聲吧。

我一說完，大家也帶著笑容對我打招呼……對不起，我不覺得自己記得住大家的名字。

「妳用不著逼自己記住大家名字。反正妳要自己煮飯的話，總有一天會記起來。」

不曉得蓋貝爾克先生是不是感覺到我有點不知所措，告訴我不需要把這件事太放在心上。

來幫忙的這些人似乎都是臨時雇員，他們平常是以務農維生。

也就是前幾天請耶爾茲女士幫我帶路的時候，我說要晚點再去找的那些人。

……嗯，我還是努力記住他們的名字吧。

「那，我們可以開始上工了嗎？」

「嗯，就麻煩各位了。啊，後院的田裡有種藥草，只需要注意不要傷到藥草就好。」

我辛辛苦苦把珍貴的藥草挖起來重新種過，萬一被人踩到，我絕對會很難過。

「我可是專業的工匠，而且這些傢伙的本業是農民，我們都很清楚藥草的重要性。好啦，大夥們，我們按計畫開始動工了！」

「「「好！」」」

男村民們在很有氣勢地回應蓋貝爾克先生的號令之後，開始著手柵欄翻修工程。

破舊的柵欄很快就被一個個拆掉了。

蓋貝爾克先生在確認房子外牆跟招牌的狀態，看來應該是會分頭作業？

「那個，有什麼我可以幫忙的嗎？」

「嗯？妳沒有特別講究的要求的話，是不需要特地找妳幫忙。」

「是嗎？那就麻煩您了。」

我已經把翻修工程全權交給蓋貝爾克先生判斷了。

我也不打算一直在工程途中插嘴礙事，最重要的是我很睏。

我直接回到房間，享受短暫的回籠覺時光。等我再次醒來，已經是太陽高掛天空，很接近正午的時間了。

我又一次緩慢起身，往窗外一看，就發現家門口的柵欄已經做好了。

「哇！真的好有效率……那側面……嗯，果然是不至於迅速到已經做好了。」

我從房子側面的窗戶看出去，就看到這邊還在堆石牆。

要是連這邊都已經弄好，就神速得太不可思議了。

「午餐……就隨便吃吃好了。」

要出門吃也很麻煩，於是我把買來放著的肉乾當成早餐兼午餐。吃完以後，我就喊了一聲「好！」讓自己打起精神，走到家門外。

「蓋貝爾克先生，您辛苦了。工程看起來很順利呢。」

「喔，是小姑娘啊。是啊，預計今天會做到立好支柱，明天早上舖好板子再做個門就完工了。」

「還滿快的耶。真的很謝謝您。」

「牆壁也已經修補好了，招牌就再等我幾天吧。」

我聽蓋貝爾克先生說完就看往房子，發現原本灰泥牆上的裂痕的確都已經重新上好漆。

「——啊，真的耶。招牌部分也知道了。之後再麻煩您了。」

「包在我身上！」

我離開很有自信會處理好這份工作的蓋貝爾克先生身邊，環望起周遭。

反正柵欄部分好像沒有我幫得上忙的地方，就努力來把前院打理成「經過精心照護的庭院」

應該也不錯？

藥草都收集好了，再來只要把樹修剪一下，再割個草蓋一座花壇吧。

畢竟難得有一間屬於自己的店，當然會想裝飾得可愛一點，不是嗎？

而且只要種些花長得比較漂亮的藥草，就可以一石二鳥了。

不過，要用到花跟葉子的藥草不適合種在花壇裡，要挑花謝了以後才拿根或種子來鍊製的種類才行。

「就先從修剪樹木開始吧。」

我迅速剪下樹木長得太長的部分……當然是用魔法。

我其實有買鋸子，可是我個子不高，要修比較高大的樹會有點麻煩。

用魔法會沒辦法修剪得比較細膩，但是就不需要爬樹，或是準備墊腳檯。

草也是用魔法割掉就好了！

一般魔術師很難做這麼細膩的操作，不過對鍊金術師而言可說是易如反掌！

「哼哼哼，魔法真的很方便呢～」

我不理會被我華麗（？）的魔法技巧驚豔得一愣一愣的人們，繼續我的修剪作業。

先不論到底華不華麗，至少這種用法會需要很精密的操作技術，是真的很少有人辦得到。

所以鍊金術師才會是極少數的菁英。

「花壇……蓋在玄關到門口這段路的兩邊，還有房子牆邊就好了吧？」

一決定好位置，我就開始翻土，再拿從後面森林砍下來的圓木圍出花壇的外圍。

我在砍樹之前有先問過蓋貝爾克先生，確定可以自由砍伐才去砍了一些回來。

當時男村民們看我扛著圓木回來，全露出了驚訝的眼神。我也是有用體能強化才搬得動啊。

我是不會特地說出口強調啦，但我不用魔法很嬌弱的。

「好，蓋好了～～！」

修剪好的樹、修剪得相當整齊的草地，以及充滿野趣的——樸素花壇。

這樣應該有資格稱作「有經過精心照護的庭院」了吧？

「再來就是……該種什麼在花壇裡呢……？」

我想到我有的材料裡面有一種開出來的花很漂亮的藥草。

雖然每一種藥草的花都意外漂亮，但我現在只有種子可以當鍊金材料的藥草。

畢竟我有的都一定是鍊金材料。如果是要用到葉子的藥草，我就會只有它的葉子；要用到根的藥草也是只留乾燥過的根，拿去種也不會發芽。

「現在這個時期很適合播種，應該大多數都種得起來……」

幸好現在是春天。剛好是很適合播種的時節，而且要用到種子的藥草可以一直種到它的花謝光才拿走，拿來做觀賞用途也不錯。

如果是要用到葉子或花的藥草就要在長到一半的時候從花壇裡拔掉，會變得很煞風景。

我稍做思考，決定在玄關到門口這段路兩旁種會開出可愛小白花的藥草，家門口則是種會開稍大的藍紫色花朵的藥草。

「這種的會長藤蔓，要在它發芽之前準備好支柱才行。」

這兩種藥草的生命力都很強韌，應該是不至於不會發芽。

我想像著自己的店在充滿花朵環繞的環境開張的模樣，不禁獨自露出了笑容。

Episode 3

Eifkft ftf fill, H ftfhffln my fhftfh!

第一步是開店！

「總算可以開張了！」

蓋貝爾克先生做事果然很有效率。一天半做好柵欄，柵欄做好的隔天做好招牌，而且還沒中午就來我家把招牌裝好了。

我以為頂多只是把舊招牌多少修補一下而已，但掛在屋頂上的招牌完全一反原本給人的印象，是造型很柔和，還有點可愛的招牌。

老實說，這塊招牌的設計感真是好到我很難相信是蓋貝爾克先生做的！

他好像有把原本的招牌當成材料來用，不過這應該可以說是完全重新做過了吧？

從門走進掛著這塊招牌的房子裡，就可以看見還只擺著零星商品的展示櫃。三扇窗上有安裝天藍色的窗簾，順便當作裝飾，讓店裡的氣氛也顯得明亮了一點。

櫃檯上擺著我親手做的「可委託訂製」的牌子。

只要坐到櫃檯後面的椅子上，就準備就緒了！

來吧，我的客人！

我隨時歡迎你們大駕光臨！

◇　◇　◇

「……沒有人來。」

開張一小時過後。

我本來就沒多期待有人上門，也真的完全沒有半個人來。

因為真的太閒了，我就把師父送我的鍊金用具放到櫃檯後面，現在正在藉著製作魔晶石打發時間。

做魔晶石的話，一有客人來就可以馬上暫停手邊工作。

我用槌子敲散魔晶石的原料——魔晶石碎片，再用藥研把它碾成更小的粉末。

「磨～磨～磨磨磨～」

天然魔晶石都很昂貴，所以一般鍊器會用的魔晶石都是用鍊金術做的人工魔晶石，而要做比較大顆的魔晶石其實還滿費工的。

我把碾碎的魔晶石粉末溶進鍊金爐的水裡，在過濾掉雜質後讓它凝結起來。

每一道工序都需要耗費魔力，魔力少的人光是做一顆就會花掉不少力氣。

順帶一提，用大的鍊金爐也會消耗比較多魔力，據說有些人會準備手掌大小的魔晶石專用鍊金爐。

我是用師父給我的——尺寸跟一隻手就拿得動的鍋子差不多大的鍊金爐，不過學校實習課用的會比這種再小上兩圈，尺寸很接近小茶杯。

「這真的！會讓人很想要！碾碎用的！鍊器啊！」

魔晶石碎片本身很便宜，但純度愈低，就需要碾碎愈多魔晶石碎片。

所以當然也有專門用來碾碎魔晶石的鍊器。

只是因為自己動手碾也可以，不像師父那麼有錢的話，也買不起就是了。

於是我選擇一心一意地繼續揮舞槌子。

鏗、鏗、鏗。

「妳好——珊樂莎小姐，妳在做什麼！」

「呼。啊，是蘿蕾雅啊。歡迎光臨。」

開門走進店裡的是雜貨店的蘿蕾雅。

一起做過寢具還聊過少女話題的我們，無疑已經是彼此的朋友。

稱呼也從「蘿蕾雅小姐」變成「蘿蕾雅」，比先前更親密了一點。

雖然我不介意她不加上「小姐」，可是她說我比較年長，就還是繼續這樣叫。她一開始對我講話不會畢恭畢敬的，該不會是她本來以為我年紀比她小吧……？

「嗯，也恭喜妳的店開張了……不對，我想問的是妳剛才在做什麼？」

「這個嗎？呃～算是鍊製前的事前準備吧？」
我把碾好的粉末拿給好奇地探頭往櫃檯裡看過來的蘿蕾雅看。
雖然這道工序也不是不能說是鍊製，但畢竟只是把它碾碎而已，也算是任何人都做得來的勞動。
「哦～我還以為鍊金術應該是……一種很『咻！』的感覺，原來不是我想的那樣。」
「很『咻！』的感覺是什麼意思？」
她是想說很精緻俐落的感覺嗎？
不過，我懂她想表達什麼。因為我也是進學校以後，才很意外要學的知識相當廣泛。
「哎，鍊金術師會做的事情應該比一般人想得還要更五花八門喔，因為我們要做的東西種類繁雜，很多時候都必須要應用到木工、玻璃工藝、冶鍊、料理之類的技巧。」
手藝專不專精又是另一回事了。尤其是料理。畢竟味道跟料理本身的效用無關。
對鍊金術很講究的培育學校對於一些跟鍊金術沒有直接關連的部分，倒也不是很強求。
例如很不會做木工的話，就找專業的木匠來處理就好。
所以就算沒辦法做得很好，也只要做出來的東西有正常發揮功能，就可以順利畢業。
「原來如此。要當上鍊金術師果然很辛苦……啊，這塊布跟妳之前給我的是同一種布嗎？這個顏色也好漂亮！——等等，好貴！」

「啊～那個其實已經算比較便宜了喔。在王都還會再貴兩三成。」

讓蘿蕾雅很驚訝的，是我擺著當作會比較划算一點的重點商品——嫩綠色、淡粉紅色、天藍色的環境調節布。

沒有染色過，只呈現難看褐色的環境調節布在王都就差不多要這個價錢，染成好看的顏色會再貴好幾成。

「我免費收下妳送我的布，真的沒關係嗎？」

「當然沒關係。而且我也真的很高興妳那時候願意來幫我！」

還特地來慶祝我的店開張，蘿蕾雅真的太善良了！

「雖然我反而收到了妳的大禮……真的很謝謝妳。」

「反正也剛好當作宣傳，妳有什麼想要的東西就來我店裡買吧。」

「好，沒問題！——現在其他商品只有鍊藥嗎？」

「論實際擺在店裡的東西是沒錯。畢竟我也不知道這座村莊有什麼需求。」

「唔～一般村民不知道除了鍊藥以外還有什麼，就算問到需求也很難回答。」

「……啊，也是。」

一般人提到鍊金術會比較容易想到鍊藥，但鍊器就不一定了。如果不知道有這種東西存在，也不可能會有想要它的動機。

王都那裡因為貴族跟有錢人會用鍊器，還算有機會知道它的存在，可是這座村莊就……這問題是不是意外致命？

「我是不是放些展示品會比較好？」

「有放的話，的確可以給大家知道的機會。可是老實說，我們村子裡的人都不是很有錢喔。財產相對多一點的頂多就我家跟狄拉露女士他們家，還有村長而已。」

可以自給自足的村莊的確大多會是這種情況。

既然比較有錢的只有和採集家做生意的商家跟村長，那現在要跟村民們做生意應該會有困難。我是不是該想點辦法呢？

「咦？這個牌子是做什麼的？」

「啊，那個喔？算是給村民跟把這裡當作休息據點的採集家的優惠……吧？」

蘿蕾雅注意到我擺在鍊藥展示櫃上的牌子。

上面寫著「本店將給予自備使用過的藥瓶的顧客優惠」。

算是我幾經思考以後才決定的當店特色吧？

一般每種鍊藥的瓶子都需要不同類型的加工，即使回收用過的空瓶也不能直接重新利用，等於明明製作過程很麻煩，用過以後卻會變得一文不值。

把瓶子溶掉是可以當製造玻璃的材料，所以還是有人會收購，但老實說也只能換一點零錢而已。大多採集家都會懶得帶走，直接丟掉。
不過，如果那些瓶子是我自己做的東西呢？
只要弄成可以清楚區別每種瓶子的類型，就可以直接在清洗乾淨過後重新利用。
老實說，製作初級鍊藥的大多勞力都是耗在做瓶子上面。
鍊藥可以用大型鍊金爐一次做好，但瓶子就必須一個個單獨製作。
超級麻煩。聽說也因為這樣，鍊金術師見習生最先被派發的工作都會是做瓶子。
前輩寫給我的信上也有抱怨「整天都在做瓶子！」，我打工的時候也常常在做。
不過師父都會在我旁邊用比我快好幾倍的速度做瓶子，也會讓我做其他各式各樣的工作，我是沒有怨言就是了。
只收購自己店裡賣出去的瓶子在大都市裡應該很難實現，但在這裡只有村民跟把這裡當成休息據點的採集家會買。也就是說，都會是同一批人來買。
那如果我高價收購這些瓶子——讓客人可以用初級鍊藥半價左右的價錢換購呢？
這樣客人能用半價買下鍊藥，就不會捨不得用，也會很高興採集作業變得安全許多。
我也會很高興可以不用再做那些麻煩的瓶子。
雖然利潤會變低一點，可是就結果而言，應該還是會賺吧？
「哦，原來如此。這樣村民們的確會比較捨得用。而且也不需要擔心弄丟瓶子。」

「畢竟一般都會放在家裡用。」

「這樣的確滿不錯的。以前都是我們雜貨店在賣鍊藥，要是連治病用的那種很少會用到的鍊藥都要進貨，都沒辦法避免讓賣價拉得很高。」

「啊，我是不是會變成你們家的商業競爭對手？」

「不不不，完全不會。因為我們賣鍊藥不會有利潤。我們只會用在城市裡買的價格加上運費來賣，純粹是給村民們一點方便而已。」

她說雜貨店在村子裡算是賺很多錢的地方，不稍微貢獻一下會給大家不好的印象。而且有時候會在運送過程中受損，根本只賠不賺。

還說如果我這邊有賣，他們就不需要特地進貨，反而會很感謝我。

順帶一提，另一個賺錢大戶——狄拉露女士他們家因為讓人晚上有地方休息，就不需要多做什麼。

唔～小村子的社會體系果然很複雜……

我是不是不想點方法貢獻村民，也會被整個村子聯合制裁？

「啊，不過珊樂莎小姐不需要擔心這個。」

「是嗎？」

蘿蕾雅大概是發現我臉上寫著不安，輕快地揮了揮手笑道。

「畢竟鍊金術師光是願意待在村子裡，就是一種貢獻了。應該說是會讓大家覺得安心吧。」

喔喔！不愧是比醫生還要更受大眾信任的鍊金術師。

「而且鍊金術師賺了很多錢也不可能會有人嫉妒。畢竟羨慕的話，就是叫羨慕的人自己想辦法當上鍊金術師而已。」

「……哦，也對。」

徹徹底底的實力至上。

連孤兒都當得成的鍊金術師在這個國家裡就是成功的代名詞。明明鍊金術師一般給人的印象就是會賺很多錢，卻意外很少受人嫉妒。

畢竟所有人都可以當鍊金術師，那種人只會被說既然有時間嫉妒，不如把時間拿去用在精進自己。

而且有孤兒成功當上鍊金術師的前例，導致當不上的人也不能拿生活環境太困苦當藉口。

再加上其實有很多人生病跟受傷的時候，都是仰賴鍊金術才得以痊癒。

「不過，鍊金術師其實意外沒有那麼好賺錢喔。」

「咦？是嗎？」

「嗯，沒有一般人想得那麼好賺。賣的商品很貴是沒錯。」

蘿蕾雅一臉驚訝，但我自己也是以為鍊金術師很好賺才想當鍊金術師，所以沒有資格笑她。

一般會以為鍊金術師賣貴的東西很好賺，只是實際上並沒有這麼輕鬆。

「比如說，像妳說很貴的那塊布。」

「嗯。」

「如果鍊製失敗了，那塊布就會瞬間變成不值錢的垃圾。」

「……咦，真的嗎？」

「嗯。因為鍊製失敗的話，材料也會報廢。就算花了好幾萬雷亞準備好材料，也是一失敗就會全部化為烏有。」

材料一放到鍊金爐裡，就沒辦法再分離開來。

雖然也要看失敗到什麼程度，但大多會直接報廢。

「要是在鍊製值一百萬雷亞的東西的時候失敗，就真的會賠慘了～」

而且別人委託訂製的東西也不能用「我鍊製失敗了做不出來」的理由取消訂單。

這種情況就只能再買材料重新做過一次。

而且通常都是東西做好了才收錢。所以如果沒有錢買齊需要的材料，甚至會打一開始就沒辦法接受訂製。

「所以鍊金術師沒有一定存款的話，反而會欠一屁股債喔。」

「哇……原來鍊金術師這種職業沒有大家想得那麼夢幻啊。」

「技術夠好應該就很好賺，但畢竟其他職業也是一樣的道理。」

不過這也的確是讓來自孤兒院的人可以比一般人賺更多錢的職業，說它是「夢幻職業」倒也沒錯。尤其孤兒求職上總是比較弱勢。

只是我也懂錄取熟人可以少擔心很多事情，也抱怨不了什麼就是了。

「總之，說穿了就是專心做初級鍊藥這種簡單小東西，反而是最穩定的賺錢途徑。因為它的風險很低。」

「哇，我以為鍊金術師都在做常人很難想像的東西，感覺一直以來高不可攀的印象要破滅了。」

「哈哈哈，不想對鍊金術師的形象幻滅的話，可能還是遠遠欣賞會比較剛好。要做一些一般人想像不到的高級品不只要花很多錢，風險也很高。」

雖然感覺好像打破了小孩子（？）的夢想，但是每一種職業都會有理想跟現實截然不同的現象吧？

結果，開張第一天只有幾組採集家上門光顧。

再來就只有蘿蕾雅、來恭喜我的店開張的耶爾茲女士、村長，還有來把蘿蕾雅帶回去的瑪麗女士（蘿蕾雅的母親）。

今天只有賣掉十幾瓶鍊藥，還滿微妙……好像也還好？

「仔細想想，這樣一天賺下來，好像也不會太差。」

我這裡最便宜的是五百雷亞的初級外傷藥。

因為幾乎所有材料都能在庭院裡採集到，價格比大都市低很多。

採集家很高興能買到這麼便宜的藥，而且聽我解釋完折價制度，又更高興了。

「而且就算我只賣半價，還是能淨賺兩百雷亞。」

在狄拉露女士那裡吃午餐是四十雷亞。

她那裡午餐的分量已經很夠我吃了，再加上我也不喝酒，就不需要多加錢。

早晚餐我會隨便吃個麵包解決，或是去餐廳吃。

價格也不會差太多，所以只要賣出一瓶初級外傷藥，就能應付一天的生活費。

雖然是不至於像我昨天跟蘿蕾雅講的例子那樣，但只要能一天穩定賣一瓶，就不用擔心生活過不下去。

不過我還想更精進自己，也想送錢回饋給從小照顧我的孤兒院，所以我會努力多賺點錢。

◇　◇　◇

我的店已經開張兩個星期了。銷售額有慢慢在上升，而我也幾乎認識了所有以這座村莊當作休息據點的採集家。

我提供的折價優惠也是大受好評，客人們都很高興地表示「不需要再擔心受傷了」、「雖然花的錢變多，可是也賺得更多了」。

畢竟受傷的期間不能工作，與其省下買藥的錢，不如直接用鍊藥療傷還能早點康復再賺更多錢也是事實。

只是鍊藥也不便宜，能不能狠下心直接用掉也是要看當事人平常賺得多不多。我覺得折價優惠應該也讓他們比較捨得用了。

而且我這裡也可以收購他們採集的材料，所以好像也讓他們願意採集更多東西，賺得比以往還要多。像是一些沒辦法保鮮到其他城鎮的材料。

至於販賣的商品，我有上架幾種適合採集家用的鍊器。

其中特別好賣的是驅蟲用的鍊器。

我訂的價格是兩萬雷亞，絕對不算便宜，但大多來我店裡的採集團隊都說：「比在城裡買便宜！」很願意買下來。

大概是大樹海裡面的蚊蟲問題真的很嚴重吧。

但我也能理解啦。因為我在學校也有經歷過採集實習課。

我們會在課堂上學習採集的基本知識跟實踐方法，所以也會實際外出採集。

當然，我也有體驗過在外採集的環境……老實說，真的很累人。

雖然只是在王都近郊相對安全的地方模擬而已，可是實際走進森林裡以後除了炎熱跟寒冷的問題以外，也有野獸跟蚊蟲的問題。

有專家帶隊的危險性是低很多，不過那其實也算一種野外求生了。

想起當時的情況，就可以知道驅蟲用品在森林裡多有用。

賣不出去的反而是照明類的鍊器。

我自己是覺得很方便，只是這座村莊的採集家好像基本上都是當天來回，大多是一大早就出門，在天色變暗之前回來。也就是說，他們不需要照明。

這附近似乎因為可以採集的東西很多，不用特地花時間更深入大樹海，也賺得到錢……但以我鍊金術師的角度來說，是覺得滿可惜的。

畢竟真正稀有的東西只有更深入的地方才有，這樣我也很難弄到可以寄給師父的稀有材料。

而且稀有材料是真的非常昂貴，要是找到很值錢的東西，連採集家都可以一夜致富。

不過，我也不打算不負責任地要人忽略深入大樹海的危險性，進去採集稀有物就是了。

「喂～珊樂莎，妳現在有空嗎？」

「嗯，請問有什麼事嗎？」

我一如往常地一邊顧店，一邊在櫃檯做簡單作業時，忽然聽到店門口傳來熟悉的聲音。

我停下手邊工作走到店外，就看到眼前有隻巨大的熊。

而一臉得意地站在那隻熊面前的，是資深的採集家安德烈先生。

「安德烈先生，你回來啦。這隻憤怒熊好大隻啊。」

「對吧？我在村子附近打死牠以後就直接拖過來這裡了，妳願意收購牠嗎？」

可能真的是沒有休息就直接過來了，跟他同個團隊的兩個人——記得是基爾先生跟葛雷先生吧？——丟下綁著熊的繩子，癱倒在一旁。

「好，沒問題。主要的傷口在頭部，一邊眼球被打爛了。新鮮度……看起來是沒問題。毛皮有點受損，算你四萬三千雷亞可以嗎？」

「真的假的！可以賣這麼多錢嗎？」

安德烈先生在聽到我提出的價錢後大聲喊道，累癱的另外兩個人眼神也瞬間充滿了欣喜。

「嗯。這種狀態的我可以自己處理。畢竟看起來還沒死超過一天。」

「哇～以前辛辛苦苦打倒一隻熊，也只有肉可以拿去賣錢耶……」

「要是隨便亂肢解也可能會瞬間變得不值錢，其實算是很難處理的獵物就是了。」

憤怒熊最值錢的部分是心臟、肝臟跟眼球這三個部位。

不過，這三種部位要是肢解時沒弄好，就會直接變成垃圾。

像這次這樣帶整隻過來的就可以由鍊金術師親自處理，但是憤怒熊很大隻，一般很難在短時間內帶去給人收購。

最好的方法是鍊金術師自己到現場採集……只是也幾乎沒有那麼奇特的鍊金術師存在。

畢竟這個職業是以動腦為主，沒什麼體力，而且用不著冒生命危險也可以賺到錢。

「四萬三千雷亞啊……珊樂莎，我真的打心底感謝妳願意來這個村子啊！」

「不會不會，畢竟這對我也有好處嘛。」

安德烈先生他們感動到輪流跟我握手。

我是很高興他們這麼開心，可是他們握手的力道太強了，我手有點痛。

我偷偷用了體能強化，掛著笑容硬撐下去。

「那，我現在就去拿錢過來。」

我走到店面的後頭拿錢出來交給安德烈先生，他笑容滿面地接下這筆錢，緊緊用手握著它，隨後大聲說：

「好耶——！我們現在就拿這筆錢去喝個夠！」

「「好！」」

「那我們先走啦！珊樂莎！下次再拜託妳嘍！」

「好的～」

三個男人還沒認真聽完我這句話，就直接狂奔離開。

明明現在還是大白天，就要喝酒了啊。

但畢竟是要慶祝，是沒關係啦……我也要趕快處理這隻熊才行。

好不容易有機會買到狀態很好的東西，不能白白浪費掉。

我先用效果偏弱的「冷凍」稍微冷卻熊的屍體。

要是結凍就會毀了這隻熊，所以適當拿捏威力相當重要。

冷卻到一定程度之後，再直接拖去房子後面。

當然不是拖到後院，是圍牆的外面。

我不想害我打理得很漂亮的庭院沾到血，可是在店門口直接上演解體秀也有點太血腥了。萬一蘿蕾雅來找我玩，搞不好還會被嚇哭。

我準備用從工坊拿來的工具肢解憤怒熊，摘走我需要的部位。

這個過程一失手就會讓整隻熊報銷，要很小心……很小心。

需要最先拿出來的是心臟、肝臟跟眼球。
這三種都要馬上處理才不會壞掉，是很難有機會拿到的珍貴材料。
再來是胃袋跟腸子，爪子也可以用，一樣留下來。
毛皮跟肉就和其他野獸一樣，要不要乾脆轉賣給耶爾茲女士？
我先把材料放到工坊，再把剩下的部位拖去我的隔壁鄰居耶爾茲女士家。
「妳好～」
「哎呀，是珊樂莎啊。有什麼事——妳帶來的獵物還真大隻啊。」
我在房子外面呼喚耶爾茲女士，她也馬上走出門來，並且對我帶來的憤怒熊有點目瞪口呆。
「耶爾茲女士願意收購這隻熊嗎？」
「——喔，妳說拿完鍊金材料之後剩下的肉跟毛皮嗎？可以啊。」
耶爾茲女士看起來有一瞬間在思考我這句話是什麼意思，但也很快就知道我為什麼這麼說了。
「謝謝妳。想說這些還是給專家處理比較好——而且好麻煩。」
「哈哈哈，這倒是！好，我知道了，交給我處理吧！八千跟妳買怎麼樣？」
「可以嗎？妳出低一點的價格也沒關係的。」
老實說，剩下的部分對我來說完全是多出來的廢料，就算免費讓給她都不算是損失。

「就這個價格就好。雖然這種熊的生肉沒什麼人要，不過最近給採集家帶在身上吃的煙燻肉很好賣。這種肉有經過適當處理的話，也是滿好吃的喔。」

「是嗎？那就這個價格吧。我再把牠搬過去。」

「好，麻煩妳了。」

耶爾茲女士家是以狩獵維生，房子後面有蓋一間專門用來肢解獵物的小屋。

我把巨大的憤怒熊塞進小屋裡以後，就走回自己家，在店門口掛上「有事請按門鈴」的牌子，把店門上鎖。

我在大概一星期前安裝好呼叫鈴，方便我在白天營業時間也可以窩在工坊裡面。因為以現在客人上門的頻率來說，一直待在店裡顧店會很浪費時間。

鍊製是可以等打烊之後再來，在櫃檯顧店也能多少處理好一些工作，但是藥草田的維護就只能在太陽下山之前弄了。

等客人變多以後是可以考慮僱個店員顧店，不過大概會是很久以後的事情了。

「好，早點把我要的東西拿下來吧。」

爪子只要洗一洗就好，其他部分則是沒有細心肢解的話，會影響到它的價格。

尤其心臟、肝臟跟眼球特別難處理。

「不過，我也真的是很習慣處理內臟了呢……」

當初在學校實習這種肢解內臟的過程時，也有很多人覺得不舒服。
我是沒有覺得不舒服，但也是拆得膽戰心驚的。
不過也只有一開始會這樣。過沒多久所有人都習慣了，變得可以面不改色地剖開動物，毫不猶豫從身體裡拿出內臟。
不對，說所有人應該太浮誇了？但習慣不了的人就會拿不到學分，落得離開學校的下場。
鍊金術師培育學校沒有好讀到連會喊著「我好怕怕喲～」或「好噁心喲～」這種話的人都能畢業。雖然愈是會說這種話的人，反而愈敢動手就是了。
那只是在裝可愛給異性看而已。
真正沒辦法適應的人會怕到連那種話都說不出口，直接昏倒。
跟我同一屆的人裡面也有平常成績很好，卻因為不敢肢解動物就被退學的……
雖然很可惜，不過她家好像很有錢，當不成鍊金術師應該也不會怎麼樣。
但孤兒就沒有人因為肢解動物不及格被退學了，畢竟很難找到其他出路。
「——嗯，搞定了。」
我把心臟跟眼球放進瓶子裡，其他材料只要做好乾燥或做成粉末，就可以長期維持在品質良好的狀態。
我在師父那裡有被嚴格訓練過這類技巧，搞不好算是我很擅長的領域。

「這麼說來……難不成師父早就知道會這樣嗎？」

師父說「有弄到稀有的材料就寄給她」，可是我不會這類保存材料的手法的話，也沒辦法寄回去。

嗯嗯？該不會從我還在打工的時候，師父就想把我送到鄉下地方了……？

「……不，應該是我想太多了。」

收購材料對鍊金術師來說是很重要的工作，要是不會保存材料的技巧，就沒辦法收購。一定是因為這樣，師父才會那麼鉅細靡遺地教我。

「好了，那這些材料該怎麼辦呢？」

是可以把這些材料做成鍊藥，但那種藥沒什麼人會想要，擺在店裡大概也不會有人買。

再說，它的價格也不是一般村民負擔得起的。

「做來當作累積經驗也是可以……不過，感覺再不把東西拿去賣，可能會不太妙。」

當然，我不可能自己用光所有在這個村莊收購的材料。

所以現在我店裡的材料愈來愈多，現金卻是愈來愈少。

再不趕快拿去賣一賣的話，手上的資金搞不好會開始不夠。

我目前銷貨的首選是離這座村莊最近的城鎮——南斯托拉格。

徒步過去大約兩天到三天。我來這座村莊的時候也是先搭公共馬車到那裡，剩下的路程都用走的，所以我也多少知道那是什麼樣的城鎮。

雖然一定比不上王都，但也算是偏鄉地區人口跟規模很大的城鎮。

啊，順帶一提，這座村莊叫作「約克村」。

沒半個人會提這個名字就是了。

我也頂多在學校刊登店面資訊的文件上看過而已，甚至在南斯托拉格問路的時候都沒人知道這座村莊的名字。

一直到我補充說明是「大樹海附近的小村子」，才終於讓對方知道我說的是哪座村莊。這座村莊的名字就是這麼鮮為人知。

我覺得大多村民們也沒特別在意自己村莊的名字。

只是應該也不至於連名字都不知道……應該不至於吧？

總之，畢竟這裡就是這麼沒沒無聞的村莊，我先親自到南斯托拉格的鍊金術店打聲招呼，請對方收購我的材料會比較好。

而且有先親自跟對方見過一次面的話，搞不好之後就可以請別人幫忙送貨過去了。

比如說，如果我請雜貨店的達爾納先生去進貨的時候順便幫我銷貨，對方卻覺得只是個外行人要賣材料的話，搞不好還會被抓著這點刁難，不是嗎？

不過，只要讓對方知道他是代替鍊金術師跑一趟，應該就不會有問題了……

只是我也還很年輕，可能會被人看不起。萬一真的有這種情況，我就要不惜借用師父的名號來逼迫對方了！

「嗯，就這麼辦！」

我一下定決心，就拿出師父給我的背包，開始把我這陣子收購的材料放進去。

◇　◇　◇

在偏鄉地區算是有點都市味的城鎮——南斯托拉格。

我的目的地就在這座城鎮的其中一角。

沒錯，就是一間有點時髦的咖啡廳。

上次經過的時候覺得不應該在搬家路上進咖啡廳，就含淚離開了。

咦？問我不把材料拿去賣嗎？那種事情晚點再說。我要先填飽肚子才行。

「看起來好像有點貴，但應該沒關係吧？」

我不是在對任何人講藉口，只是在自言自語。接著，我就直接走進我想去的咖啡廳。

這個時段人有點多，店員跟我說：「現在會需要等一段時間，您要現場等嗎？」我也決定乖乖等到有空位。

我來的這間店相對寬敞，座位也很多，很快就輪到我入座了。

「紅茶……哇，有好幾種耶！唔～～我就狠下心來……點個中間價位的！」

那邊的！不要吐槽我：「咦？不是點最高價位的喔？」

我光是能走進這間店，就已經算是狠下心了！

「我其實也想吃一些點心，可是現在是午餐時間……就來點點看『薄片烤麵包佐蔬菜起司』吧。」

我不知道這是什麼，但聽起來很時髦。

「這樣要一百五十雷亞啊。點下來也點了不少錢……唔唔唔唔，我就再狠下心多花點錢，多點一個水果蛋糕好了！」

加起來夠我平常吃五頓午餐。我這次真的已經很捨得花錢了！

我是還有儲蓄，只是心情上應該會想省錢一陣子？

我在跟店員點完餐後放鬆了心情，仔細觀察起店裡的環境。

這裡不曉得是不是比較重視氣氛，店裡打掃得非常乾淨，有用植物盆栽、繪畫當作擺飾，甚至窗邊還掛著很美的窗簾。

當然，一般餐廳不會有這些裝飾。

放這些擺飾很花錢，而且也要有一定程度挑選自己的客群，才能把環境打掃得這麼乾淨。

狄拉露女士的餐廳也是很努力保持整潔，但有時候會有帶著滿身泥巴回來的採集家，所以就算打掃得再勤勞，也還是難免有些髒汙。

雖然真的髒得太誇張的人會被狄拉露女士趕出去，外加一道大聲喝斥：「去把身體洗乾淨再過來！」

「我也想學學這裡的漂亮裝潢……可是我應該頂多放個盆栽？」

會來我店裡的客人也主要是採集家，要醞釀出這種氛圍實在很有難度。

店裡已經有窗簾了，而且就算拿繪畫當裝飾，應該也會被問：「這個鍊器有什麼效果？」

「不過，擺個小桌子或許還不錯？」

最近蘿蕾雅常常會來找我玩。

好像是因為我開始收購材料，讓達爾納先生不需要特地去城鎮裡銷貨，就有比較多時間可以留在村子裡。

有達爾納先生在，蘿蕾雅就不用幫忙顧店，所以她現在常常來我店裡跟我聊王都的大小事。

店裡有蓋貝爾克先生給我的椅子，再擺張桌子，說不定還可以坐著好好喝杯茶。

如果她以後一樣常常會來玩，買張桌子回去放應該也不錯……？

應該不會沒有王都的話題聊，或是沒有事情需要找我就不會來找我玩了吧？

我是不是該買個伴手禮回去增進一下我們的友誼？

可是達爾納先生也常常會來這座城鎮，在這裡可能找不到什麼會讓蘿蕾雅很開心的禮物吧？

「讓您久等了。」

我認真地思考這些事情到一半，服務生姊姊就端著我點的餐過來了。

她把餐點都放到桌上之後就面露微笑，對我敬禮。

「請您慢用。」

「啊，好。謝謝妳。」

哦哦，不愧是高價位的咖啡廳。連待客禮儀都這麼完美。

跟基本上只會喊一聲「來嘍！」把餐點豪邁放到桌上的餐廳截然不同。

我的店是不是也要像她那樣……好像也不需要。畢竟客群不一樣。

還是趕快來吃吧。

「這個就是薄片烤麵包，的確很薄。而且是剛出爐的，好香。」

我先把紅茶跟蛋糕擱在一邊，細細觀察第一次吃的薄片烤麵包。

麵包本身是沒什麼特別的。看起來只是把麵包攤平拿去烤？

感覺連我家這種沒有烤箱的地方，也可以用平底鍋來烤。

——不對，我家現在連魔導爐都沒有。

「上面有加蔬菜、起司跟肉片……這個紅醬有點特別。」

反過來說，就是除了醬以外都很普通。我切出可以一口吃下的大小，放進口中。
「嚼嚼……嗯！好吃！跟兩頓午餐的錢一樣好吃！」
雖然我自己也不懂那是怎樣好吃！不過，它實際吃起來比外表看起來好吃多了。
濃濃的起司跟醬料的酸味，還有淡淡的甜味，都跟蔬菜和薄肉片很搭。
連乍看像是沒有膨脹起來的麵包，都成了這道餐點的特色。
「這個醬料是用番茄跟辛香料調配的嗎？唔～辛香料感覺滿難做的。」
我單獨舔了一口醬料，思考它用的是什麼材料。但是我不怎麼親自下廚，應該很難自己做。
如果在村子裡也能吃到這麼好吃的東西就好了……
「嗯，要是材料有賣到好價錢，就把這個城鎮買得到的辛香料全部買一些回去吧。」
還有起司。畢竟在村子裡很難弄到起司。
我用紅茶（一頓午餐的錢）洗掉殘留嘴裡的麵包味，準備接著吃蛋糕。
我一直都沒辦法狠下心自己買蛋糕，所以我很久沒吃甜點了。
在師父店裡的休息時間會端出來的那些點心真的好好吃……
那些應該都是瑪莉亞小姐做的吧？
料理跟甜點手藝都是專家級，真是太厲害了！
「啊，現在的重點是這個蛋糕才對……」

我用叉子切開有點硬的蛋糕，吃了一口。

這種蛋糕味道有點重，口感很濕潤。裡面加了很多水果，甜味跟酸味呈現了一種出神入化的平衡。

雖然不會像吃瑪莉亞小姐做的點心那麼驚豔，但還是很好吃。

跟兩頓午餐的錢一樣好吃！

……嗯，還是不要什麼事情都用錢來形容吧。

我要想辦法改掉在校時期那段節儉生活的習慣！

「難得有機會進來時髦的咖啡廳，就好好享受這裡的氣氛吧。」

畢竟店內氣氛也算在餐費裡。

薄片烤麵包我很快就吃完了，所以紅茶都小口小口喝，蛋糕也是小小口在吃，就這麼享受著悠閒的優雅時光……只是也要避免待太久被店員瞪。

應該沒關係吧。反正大概是因為已經過午餐時間了，也沒人在排隊。

不過，蛋糕總是會吃完，紅茶也是放到冷掉就不好喝了。

而且我是因為工作才來這座城鎮。我休息一段不算久的時間，就離開了咖啡廳。

「嗯，這裡的東西好好吃。雖然很貴。」

這間店就像是讓人偶爾奢侈一下？的感覺。

但是也足夠讓剛正式當上鍊金術師的我的錢包大失血了。
「我要想辦法賺到可以不介意花這麼多錢來這裡吃才行！」
我喊著「好！」打起精神，踏出了成為賺大錢鍊金術師的第一步。

「好了。記得這座城鎮有兩間鍊金術店。」
我已經跟村子裡的採集家問過這方面的情報了。
這座城鎮有三個大門，離村子比較近的門附近有一間。
另一間在離城鎮中央廣場有一小段距離的地方。
採集家們對這兩間的評價都差不多，他們說「通常是去比較近的那一間」……
「先去比較近的那一間看看吧。」
反正從我現在的位置走過去也很近，我決定先去比較近的那一間。
走了幾分鐘就看見我要去的鍊金術店了，店面大小跟我的店差不多。
當然，鄉下地方跟這裡的店面價格一定有很大的差異，應該不會像我的店那麼物超所值。考慮到這些因素的話，這間店的鍊金術師應該是先在其他店家修鍊過，才自己出來開店。
唔～店的周遭感覺有點髒，這在城鎮裡算是正常現象嗎？
換作是師父看到環境這麼髒，一定會很生氣地要我來打掃。

我觀察完店家外觀之後，便推開有點老舊的門走進店內。
「歡迎光臨。」
在顧店的是一個態度有點冷淡，年近三十歲的男性。
雖然有點在意他的視線像是在打量我……總之先看看這裡的商品。
一如預料，基本上都是鍊藥。品項跟我店裡差沒多少。
除此之外也有販賣鍊器，只是數量很少，也沒有高檔貨。
不知道是像我一樣有人下訂才做，還是鍊金術師的技術不純熟。
……嗯，來問問看吧！我稍稍鼓起幹勁，走往櫃檯。
「不好意思，我想賣這些東西。」
「啊？我看看。」
我放在櫃檯上的是裝在瓶子裡的憤怒熊心臟。
店員拿起瓶子觀察，在抽動一下眉頭之後用很不滿的語氣說：
「這放有點久了，摘除的技術也不好。頂多一萬兩千。」
咦？有點久？摘除的技術不好？是喔……
——你在開我玩笑嗎？
我壓抑住內心的不滿，又把其他材料放到桌上。

「——這樣啊。那這個呢？」

我這次拿的是肝臟……

「這個也一樣。兩個加起來算妳兩萬。可以吧？」

可以個頭啦。

「這樣啊。抱歉打擾了。」

我迅速拿回店員準備收走的兩個瓶子，放回背包裡。

「啊，喂！等一下！」

我才不會說等就等。我裝作沒聽見背後傳來的雜音，快步離開店內。

走過一段路之後，我回頭看了看後面。

——看來是不至於會特地追上來。

我吐了一口氣。

「雖然他們說兩間都差不多，但這間店真是爛透了。我們村子裡的採集家應該沒多少人來這間，不過還是提醒大家留意一下吧。」

村子裡有我開的店，照理說是不會有人再特地拿來這裡賣，可是萬一真的有人被這間店坑錢就太倒楣了，跟大家說清楚還是比較好吧？

我絕對不是因為看剛才那個店員不順眼，才刻意影響人家做生意。

我這麼做都是為採集家們好。嗯，沒錯。
「原來都這年頭了還有那種鍊金術師啊——還是他以為我是外行人？」
會不會是誤以為我只是運氣好弄到這些鍊金材料？
如果他知道我是鍊金術師還擺那種態度，就只是個蠢蛋而已。
是不是以為稍微欺壓一下就能讓客人乖乖吞下他提的價錢啊？
雖然他剛才那樣其實也沒有什麼壓迫感可言。
哪像我的鄰居——耶爾茲女士的丈夫光是很普通地站在路上，都可以比他有壓迫感好幾倍。
一開始介紹她丈夫給我認識的時候，我還被嚇到後退好幾步。
他其實人很好，只是半夜在路上遇到的話，我一定會拔腿就跑。
「希望另一間店會是比較有良心的店家。他們的意思應該不會是兩邊都『差不多爛』吧？」
我有點鬱悶地開始往另一間鍊金術店走去。

我懷著少許不安造訪另一間店。
這一間比較寬敞一點，店門口也打掃得很乾淨。
「看起來應該可以期待一下？」
這讓我的心情跟步伐變得比較沒那麼沉悶，就這麼進入店裡。

「歡迎光臨。」

出聲歡迎我入店的是一名四十歲左右的女性。

她面露柔和的笑容對我打招呼，讓我也不禁低下頭對她敬禮。

「妳好。我想看看店裡的商品。」

「好，請妳慢慢看吧。」

商品的取向是跟上一間店一樣……不過鍊藥的種類有比較多？

有些地方會擺些特別的鍊藥，像是瘦身藥，或是防曬藥。

先不論前者，後者在村子裡應該很難賣。

畢竟大家要是會在意被曬黑，就做不了農業了。

不對，搞不好大家其實很想用，可是農家的收入很難負擔每天下田都要塗防曬的費用。這算是給有錢人用的商品。

鍊器部分也有擺帽子跟披肩等比較女性取向的品項。

我店裡或許也可以考慮從這類商品裡面挑幾種用途的來賣。

問題是造型設計跟要用什麼東西當作基底。

畢竟村子裡沒有專做這種商品的人，我自己也只是單純做得出來，不是專業的。

而且我對自己這方面的品味沒什麼自信。

——好，商品取向應該調查到這樣就夠了。再來就看她會出多少錢收購。

「不好意思，我想請妳收購這些材料。」

「喔，是什麼材料？……這是憤怒熊的心臟吧。狀態還很新鮮，摘除的技巧也不差。十二萬跟妳收可以嗎？」

「……妳出的價格還滿高的耶。」

比我原本預期的還要多兩成。

雖然收購價異常低會很虧，可是高市價太多也會讓人滿頭問號……

「因為最近很難弄到憤怒熊的心臟。妳是鍊金術師嗎？」

「對，我在約克村……妳有聽過嗎？是一個在格爾巴．洛哈山麓樹海旁邊的村子，我最近在那裡開了一間店。」

「哇！妳在那裡開店嗎？太好了。自從那裡的老爺爺不營業以後，我就一直很煩惱沒有上好的材料可以收。」

「所以妳才願意出這麼高的價格嗎？」

「是啊。最近缺貨缺得很嚴重。而且這是熊死掉沒多久就摘下來的吧？很少有機會拿到這麼新鮮的心臟。」

畢竟要運氣好在村子附近打死熊，才有辦法保持在這麼新鮮的狀態。

而且我也有點高興聽到她誇獎心臟的品質——等於是誇獎我的摘除技術。

「看妳這麼年輕，技術還挺不錯的嘛。妳以前是在哪裡修鍊的？」

「……如果是問我拜誰為師的話，我的師父是奧菲莉亞．米里斯。」

我很久沒提及的師父本名，讓店員小姐驚訝得瞪大雙眼，還站了起來。

「咦！妳說奧菲莉亞．米里斯，是指奧菲莉亞大人嗎？」

「應該是吧？大師級鍊金術師的那個奧菲莉亞．米里斯。」

「真的嗎？她的徒弟來這麼偏僻的地方？」

她聽起來有點不敢置信，但我也沒有說謊。

我不只有收到師父給徒弟的餞別禮，也真的有接受她指導。

我自立門戶的方式跟一般不太一樣，不過直接說「我一畢業就自己開店了」觀感會有點不太好，這樣跟她說明應該沒關係吧？

「嗯，對。她說會給我一間店，要我寄稀有的材料回去給她，也說那間店很適合讓我修鍊……」

「嗯～不愧是大師級的師父，訓練方式還挺嚴厲的。」

店員小姐聽我說完，就露出了苦笑。

也是，只聽我現在的講法，的確很像被師父丟到偏僻的小村莊。

「啊，沒有，其實有一部分也是我自己要求的。」
「妳年紀輕輕的，倒是很有上進心嘛！我很欣賞妳喔！」
「哈哈哈……」
但我也沒料到會在偏僻成那樣的地方開店。
至於我自己要求的部分就很普通，只是想找間店就職而已。
「我是這間店的店長，雷奧諾拉。妳呢？」
「啊，是，我叫珊樂莎。今後還請妳多多指教了。」
「彼此彼此。有妳這種技術好的鍊金術師在，應該也會有更多採集家去你們那邊吧？」
「哈哈哈，希望真的會有更多採集家來。」
有很多種鍊金材料需要在採集之後立刻做保鮮處理，附近沒有鍊金術師很可能會讓材料的品質大幅下降，甚至有可能直接變成垃圾。
徒步從村子裡走過來要花上好幾天時間。光是多了這幾天，就很難避免材料的品質劣化，導致只能換到少少的零錢。大概也是因為這樣，才讓一些採集家選擇離開了村子。
「一開始可能會有點辛苦，但總會有辦法熬過去的——真懷念。我剛自立門戶時看著積蓄一天比一天少，擔心得要命呢。妳要是遇到了什麼困難，可以來找我商量喔。我會盡可能幫妳。」
「謝謝妳。」

「不過，妳有這顆熊心臟可以賣，大概也不會有問題了。而且既然有心臟，那妳應該也有其他部位吧？」

「對，不過眼球只有一顆。」

我把其他憤怒熊的材料跟其他向採集家收購的材料全放上櫃檯，雷奧諾拉小姐就一個個仔細檢查，點點頭說：

「嗯，每個材料都處理得不錯——妳的背包看起來也是很高檔的東西。」

「對，這是師父給我的餞別禮。」

這可是讓我引以為傲的禮物。

當然，我說什麼都不會賣掉它的。

「不愧是大師級鍊金術師，跟我做的完全不是同一個層次。這些全是妳要賣的嗎？」

「對。然後，我還想買幾種材料……」

我把寫著材料的筆記遞給雷奧諾拉小姐，她說完「等我一下」就走去後面倉庫，把我要的東西全拿出來。

賣材料的錢扣掉我買的這些材料的錢以後，我拿到了三十八萬多一點的雷亞。憤怒熊的材料換到的錢比我預料得還要多。

「雷奧諾拉小姐，妳願意高價收購真的幫了我大忙。」

「嗯？是嗎？我才想說妳賣這些材料給我，幫了我一個大忙呢。」

把我賣的材料收去裡面櫃子的雷奧諾拉小姐回頭看向我的臉，微微歪著頭表達疑惑。

「我本來聽說這座城鎮的兩間鍊金術店差不了多少，有先去另一間店一趟……」

「喔喔，妳說那傢伙的店啊。結果怎麼樣？」

「他竟然說心臟算我一萬兩千。」

我苦笑著對一臉覺得很有趣的雷奧諾拉小姐這麼一說，她就突然哈哈大笑。

「哈哈哈哈哈，那傢伙真的是無可救藥耶！」

「對我來說就不好笑了。要是連這裡都像他一樣亂來，我還得再花時間跑去其他城鎮呢。」

「哈哈哈，我是不會阻止妳啦，但其他城鎮離這裡滿遠的喔。而且妳有憤怒熊的材料，搞不好直接把東西都寄去給妳師父還比多跑一趟好。」

「是啊，我本來也在想如果這裡也賣不到好價錢，就考慮那麼做了。」

而且師父也叫我寄些稀有材料給她。

這個品質的憤怒熊……嗯，應該至少拿得到及格分數。

「我是不想把同行說得太難聽啦，但我聽過一些傳聞說他好像會有點坑錢。」

「只是有點而已嗎？他給的價錢連市價的一半都不到耶。」

「那傢伙會看客人下手。大概是覺得妳應該會上當吧？」

「那看來他只是會『看』客人，沒什麼『眼光』就是了。」

我一臉生氣地聳聳肩，隨後雷奧諾拉小姐又開心笑道：

「妳說的對！哈哈哈！但也是他太低估妳，我才有機會拿到上好的材料。我倒是很慶幸他沒眼光呢。」

「反正我也不會想找他做生意了，是無所謂了啦。以後我可能會找別人代理我來賣材料，到時候可以再麻煩妳幫忙收購嗎？」

「也對，畢竟你們村莊離這裡滿遠的。要每次都鍊金術師自己來應該是有點困難。到時候我當然也會用最公正的價格跟妳收購。我們就互相幫助吧。」

我握住她笑著伸出的手，內心鬆了口氣。

我自己來是會比較方便交涉，可是我也不能太常暫停營業，所以能找達爾納先生代理我來賣的話，就會輕鬆很多。

「對了，我記得這裡跟你們村子之間沒有公共馬車可以搭，妳自己有馬是嗎？」

「啊，沒有，我是徒步過來的。雖然要花半天的時間，但還是比騎馬快——而且我也沒有多餘的錢可以養馬。」

馬不只很貴，還要花很多錢跟時間照顧牠。

再加上一般的馬都比我跑步還要慢……

要是沒有師父給我的背包，我可能還是得買一隻馬來搬貨。
「喔，這樣啊……嗯？不不不，你們村子沒有近到可以半天就走到吧！」
「我當然有用體能強化省時間。只是我不太擅長體能強化，所以還是會每兩小時就休息一下。」
就算有用鍊藥，我現在還是最多維持兩小時。如果維持時間能延長到現在的兩倍，就可以考慮當天來回。現在這個速度會在途中就入夜了。
雖然這附近一帶相對安全，我還是想避免自己一個人跑在夜晚的街道上。
「不不不，這樣也夠超乎常軌了。而且體能強化一般不可能維持好幾個小時吧？」
「咦？可是師父可以面不改色地用一整天耶。而且還一邊在鍊製。」
「不能把一般人跟大師級的人相提並論啊！一般只會用幾十秒，久一點也頂多幾分鐘。居然可以在做其他事情的同時長時間操作體能強化要用的魔力，這專注力也太誇張了吧……」
雷奧諾拉小姐傻眼地看著我，讓我不禁感到疑惑。
唔～看來我自以為很不擅長的體能強化，在一般鍊金術師眼中好像算技術很好了？
「其實習慣了以後，下意識就會了……只是會很累，還是需要休息。」
「也難怪奧菲莉亞大人會收妳當徒弟啊。」
「可是我的基本體能不太好……如果我身體更強壯一點，不知道會不會比較不容易累。雖然我最近也是多少有在鍛鍊身體啦。」

我用力彎起手臂，卻完全擠不出肌肉。

摸起來軟軟的。完全看不到鍛鍊的成果。

果然只有早晚做體操還不夠嗎？

「咦咦～妳長得這麼可愛耶！要是變得全身都是大塊肌肉，就太可惜了！」

「不，我應該是不至於把自己鍛鍊到有大塊肌肉，只是覺得有把基本體能鍛鍊起來，應該做事情可以輕鬆一點。」

「嗯……妳的身材看起來的確就像是長久以來都只顧著讀書的小書蟲。」

對，妳說中了。除了實習以外，我幾乎沒有參與過任何戶外活動。

我總是把自己關在圖書館裡念書念一整天。

至於雷奧諾拉小姐就是身材偏高大，感覺身體很結實。

「雷奧諾拉小姐是不是鍛鍊得滿強壯的？」

「算是吧。剛當上鍊金術師的時候，我還會自己去採集材料呢。啊，珊樂莎妳可能別學我會比較好喔，畢竟大樹海不是初學者可以去的地方。」

「我知道。當初學校實習去的那座森林就已經很折騰人了。」

不過，雷奧諾拉小姐居然會自己去採集，她還真有行動力耶。

先不論我要不要自己去採集，我是不是該多少鍛鍊一下身體比較好？

尤其在學校上課的時候會要大家鍛鍊體能，可是我最近都沒怎麼在練。

「——啊，我想問另一件事情，請問妳知道這個城鎮有哪間可以住得比較放心的旅店嗎？」

「也對，妳今天要在這裡過夜嘛。嗯～妳不介意的話，要不要在我這裡住一晚？我家還有空房。」

雷奧諾拉小姐稍做思考過後，便指向樓上。

意思是她這裡也跟我的店一樣是店面兼住宅，而且有客房嗎？

「呃……這樣會不會給妳添麻煩？」

「畢竟妳是女生，如果是男的，我就不會問了。而且我們以後還要往來做生意，讓妳住一晚不是什麼麻煩事。我也不收妳住宿費。」

「我很高興妳的這份好意，可是……」

「妳覺得會欠人情的話，等我去你們村子再讓我住妳家吧。」

「妳有計畫去那個村子一趟嗎？」

「目前是沒有。」

以後也一定不可能會有。

因為只要有我在村子裡負責收購，她也不需要特地過去買材料。

但既然人家難得好心要招待我，我就在這裡住一晚吧。而且絕對比沒怎麼見過世面的我自己去挑旅店安全。

「謝謝妳。那今晚就要打擾妳了。」

「別在意、別在意。只是幫後輩一點小忙而已，不算什麼啦。而且我也想聽妳講講奧菲莉亞大人平常是什麼樣的人。」

結果，那一天我留在雷奧諾拉小姐的店裡過夜，還跟她打聽這座城鎮的大小事，也跟她聊了一下師父。

我也有跟她打聽我中午去的那間咖啡廳，聽說那間店的評價非常好，連雷奧諾拉小姐都非常推薦去那裡吃。

但聽說還有餐點更好吃，可是也更貴的店，她說以後有機會會帶我去吃吃看。

意思是會請我吃免錢的嗎？

我沒那麼多錢可以去吃高級餐廳啊。

……嗯，我就跟雷奧諾拉小姐打好關係吧。

這都是為了吃一頓好吃的大餐！

不，不對。

畢竟我們是彼此隔壁村鎮的鍊金術師，感情好也方便互相合作啊！

我可沒有在期待能吃免錢的喔。嗯，絕對沒有。

隔天，我一大早就離開雷奧諾拉小姐的店，到早市買了起司、辛香料跟在路上看到感覺很好吃的食物，之後就踩著輕快的步伐，在返回村莊的路上奔跑。

賣出的價錢其實比我預期的還要高，讓我的腳步跟心情都很輕鬆愉快，錢包也沉甸甸的。

真是太完美了！

也不曉得是不是我的心情反映在腳程上，我還沒中午就抵達村莊了。

考慮到我還有花時間逛早市，回程的速度的確是比去程快。

雖然不知道會不會有客人來，但我決定既然都提早回來了，還是營業一下。

「對了，來做傳單吧。」

來提醒大家那個態度很差的鍊金術師很可能會坑客人的錢。

我絕對不是出於私人恩怨想報復他。

我只是提供有益的資訊給客人而已。

「不過，這樣就會想要有個布告欄來貼傳單了。」

要直接貼牆上也不是不行，可是就很沒氣氛。

就算沒辦法醞釀出那間咖啡廳的氣氛，我還是想把自己的店塑造得更接近理想。

雖然我也只是想著要塑造出很好的氛圍，沒有明確的目標就是了。

「布告欄也一樣找蓋貝爾克先生訂做吧。」

看招牌的精緻度就知道蓋貝爾克先生不只是有相當專業的技術，連設計能力都是優秀得無懈可擊。

只要跟他說「希望造型可以配合店內的氣氛」，他一定就可以做出讓我很滿意的成品！──應該可以吧？

「然後再順便訂小桌子跟床……訂兩張好了。」

擺兩張床的話，就算雷奧諾拉小姐會帶著其他人來村子裡，也可以一起在我這裡過夜。

雖然她來我們村子的可能性很低，但萬一真的來了卻沒有床給人睡，也很過意不去。畢竟我也借她的床跟被子睡了一晚。

「也另外做些棉被吧。反正我還有棉花，而且──說來也挺可悲的，環境調節布根本就賣不出去，用那些布來做棉被就好。」

達爾納先生當成謝禮送我的棉花還有剩，還可以再做兩組棉被。

既然都要自己動手做了，要不要乾脆把另外兩個房間的被子跟窗簾統一成淡粉紅色跟嫩綠色？

我房間現在是用淡粉紅色的窗簾，就把它改成跟棉被一樣的天藍色……

我這是在用心考慮裝潢設計，這很重要的。

以前那個根本不考慮造型，只想著買便宜貨的我早就消失得無影無蹤了！

「呵呵呵呵，感覺幹勁都來了！」

「那個～～珊樂莎小姐？」

顧著沉浸在幻想裡面的我突然聽到小小聲的一句話，還被拍了拍肩膀。

一回過頭，就看到表情略顯困惑的蘿蕾雅。

「啊！蘿……蘿蕾雅，妳什麼時候來的！」

「呃，我有先打過招呼才進來耶。」

我完全沒發現。就算有設計成打開門就會發出聲響，避免遭小偷——可是連有人對我講話都沒聽到的話，好像也沒什麼意義。

我尷尬地笑了笑，但蘿蕾雅似乎絲毫不放在心上，露出了微笑。

「歡迎妳回來。妳回來得好像有點早呢。」

「呃，嗯，因為我的工作處理得滿順利的。啊，我有帶伴手禮回來，妳要吃嗎？」

我覺得因為工作出門一趟還帶很貴的伴手禮也怪怪的，就在早市買了在村子裡沒機會看到的水果。

這種大約長五公分的球狀水果有偏硬的綠皮，乍看不是很好吃，但實際吃過才會發現它的果肉很甜。

「哇，謝謝妳。」

我用刀子劃出切口才遞給蘿蕾雅，不然會很不好剝。

我也剝開自己手上的水果，吃了一口。

嗯～好甜。這種水果十五顆花了我一百雷亞（有殺價過）。

每天吃可能有點太奢侈了，不過偶爾買來吃吃應該還可以吧？

「好好吃～我好久沒吃這個了。爸爸很～偶爾會買這個當伴手禮回來，可是真的是久久才會買一次。」

蘿蕾雅每吃到一口果肉，就露出開心的笑容。

看她吃得這麼高興，我特地買回來當禮物也是值得了。

「對了，珊樂莎小姐，妳剛才怎麼了嗎？看妳好像很高興的樣子。」

「啊，喔，妳說剛才嗎？其實也沒什麼啦，我只是想再多做兩套棉被而已。」

「為什麼？是要賣的嗎？」

「不是，只是想準備好幾間可以給訪客過夜的寢室。反正那些布也賣不掉。」

我微微露出苦笑，指著依然留在櫃子上的環境調節布。

「知道那種布的觸感有多舒適的話，的確是會很想要。可是它真的太昂貴了。」

聽說這個村子大多家庭連很一般的棉製被子，都很少會每個人各有一條。

其實光是一件環境調節布做的床單，效果都比棉製被子還要更好。但看來一塊布就比一組普通寢具貴的話，還是很難有人想買。

「是有人跟妳約好之後會來這裡過夜嗎？」

「其實沒有……是沒有人要來，可是床跟棉被之類的也不是一知道有人要來過夜，就能馬上弄出一整套的東西。」

「這麼說也對，尤其我們村子都是要先下訂才開始做……需要我幫妳的忙嗎？自己一個人做寢具應該很辛苦吧？」

「可以嗎？妳不用幫家人顧店嗎？」

「沒關係！現在我爸媽都在，而且我家沒有農田要顧。」

正確來說是有家庭菜園的樣子，但不需要蘿蕾雅特地幫忙灌溉。

農家的孩子一般都會被吩咐「有空就要幫忙家業」，而經商的家庭也一樣。不過，雜貨店的工作基本上只需要顧店。只要她父母在家，就用不著她特地幫忙。

雖然父母出門去進貨的時候，好像就要一直待在店裡顧店了。

「妳願意幫忙我會輕鬆很多。雖然稱不上是謝禮，不過等等去狄拉露女士那邊吃午餐的時候，妳想吃什麼都可以點。要吃多少都沒問題。」

狄拉露女士的餐廳價位對我來說算相當便宜，卻也不至於便宜到可以讓村子裡的小孩子盡情點自己想吃的餐。大概也是因為這樣，「要吃多少都沒問題」對於還在發育的蘿蕾雅來說就成了非常迷人的報酬。

「珊樂莎小姐，我們快點去餐廳吧！」

蘿蕾雅開開心心地拉著我的手，而我也把店門口的牌子改成了「午休中」。

◇　◇　◇

即使還在發育期間，女生的食量也不會大到哪裡去。

我付完加上我的份也只有平常三倍價錢的金額之後，就跟蘿蕾雅一起回到店裡，並在把店門口的牌子改成「有事請按鈴」之後，前往我的房間。

「蘿蕾雅可以幫我做被套嗎？」

「好！這次是第二次了，應該會比上一次更順手一點！」

「妳上一次就夠厲害了，沒問題的。」

這次也是我自己調整棉花的形狀，窗簾部分則是我一邊教她，一邊跟她一起縫。

老實說，用環境調節布做窗簾還滿浪費的，可是要另外染色也很費工，就狠下心拿來用吧……反正也賣不掉。

我們不時閒聊，途中也會停下來喝點茶，就這麼悠悠哉哉地著手裁縫作業。

等回過神來，就發現天色已經漸漸變暗了。

「蘿蕾雅，已經快要晚上了，妳不回家沒關係嗎？」

「啊，可是我想乾脆一次做完，該怎麼辦呢……」

現在雖然已經做好一半了，但也沒辦法在短時間內完工。

「嗯～妳不介意的話，要不要在我家過夜？雖然我能做的也只有請妳吃一頓晚餐。」

「可以嗎？那我回去跟爸爸說一聲！」

話一說完，蘿蕾雅就馬上站起身，跑到店外。

「……哎呀。」

到朋友家過夜真的那麼讓人開心嗎？我自己是沒有經驗就是了。

今天麻煩她幫忙，其實很想招待她吃點好吃的當作謝禮，可是我又不像瑪莉亞小姐那麼會做點心……

我頂多只能給她在南斯托拉格買的水果跟起司吧？

還是乾脆把一些高級食材帶去狄拉露女士那邊，請她幫我們煮一餐呢？

「我回來了！」

——我還在想著這些的時候，蘿蕾雅也回到了我店裡。好快。她臉有點紅，也很喘，搞不好一路上都用跑的。

「歡迎回來。呃，蘿蕾雅，關於晚餐——」

「啊，我是不是應該先吃完晚餐再來……？」

蘿蕾雅原本開心的表情瞬間變得沮喪，我連忙搖頭否認。

「不是！晚餐我會請妳吃。只是一樣要吃狄拉露女士那邊的東西，可以嗎？雖然這樣好像算不上請妳吃大餐。」

「當然可以！狄拉露女士的料理已經很值得稱作大餐了。」

「這樣啊。那，畢竟已經晚上了，我去外帶回來。妳先等我一下喔。」

餐廳晚上會有很多酒鬼，不太適合讓小朋友在場。

「啊，不然我幫妳去一趟吧？」

「沒關係，妳先休息一下。妳應該有點累了吧？」

「哈……哈哈哈……」

我請靦腆地笑了笑，還羞紅著臉的蘿蕾雅在店裡等，自己帶著幾個有點少見——也就是比較不容易在這個村子裡弄到的食材，前往狄拉露女士的餐廳。

我請狄拉露女士（正確來說是她老公達多利先生）用這些食材做好晚餐，一回到店裡，就看到蘿蕾雅很認真地繼續幫我縫布。

「我回來了。蘿蕾雅，我們先吃飯吧。熱熱的吃起來也比較好吃。」

「啊，好……哇，看起來好好吃！」

蘿蕾雅停下手邊工作，一看到有點少見的料理就露出了笑容。

我明明只是隨手挑了幾種食材，達多利先生卻還是可以做成光看就覺得很好吃的料理，看來他的廚藝是真的很高超。

「那，我們來吃吧。」

「好！我開動了！」

我們開心享用賣相佳，口味也一流的料理，連當作甜點的水果也一掃而空。吃完以後，就繼續縫製做到一半的棉被。也大概是因為補充了不少營養，我們幾個小時就把棉被做好了。

再來唯一要做的事情就是睡覺……

「蘿蕾雅，妳要洗澡嗎？」

「可以嗎？我們村子連村長家都沒有浴室耶。」

「嗯，當然。畢竟鍊金術師一定要洗澡才能工作。」

「那……那請讓我試試看！」

我問了蘿蕾雅，才知道她好像從來沒有機會洗澡。
唔～也是啦，一般庶民應該都是這樣。
我的話是父母在談大生意之前都一定會洗澡，算是有洗澡的經驗。
爸爸說是「不把身體洗乾淨的話，本來談得成的生意都談不成了」。
後來我因為父母過世被送進孤兒院，當然也沒機會洗澡。
下一次洗澡已經是住進學校宿舍之後的事情了。
只是要洗也是隔好幾天才會洗一次。
不過，我在師父店裡就幾乎每次都會洗澡。
畢竟做鍊藥一定要洗澡嘛。
「好！那我也要讓妳好好享受到泡澡的樂趣才行。我去準備熱水，妳等我一下！」
我請蘿蕾雅先等我去浴室弄好熱水。
我還沒做好衛浴類的鍊器，所以是用魔法生出水，再把水加熱。
雖然需要花費魔力，但整個步驟非常簡單。我馬上處理好熱水，回去找蘿蕾雅。
「好了！蘿蕾雅，妳可以先進去洗了！」
我微笑著說完這番話，蘿蕾雅卻是一臉不知所措。
「那……那個……珊樂莎小姐，妳可以陪我一起洗嗎？我有點不放心……」

畢竟是在別人家洗，而且還是第一次體驗洗澡，我也不是不能理解她的心情。

「啊～這樣啊。可是，妳真的不介意我跟妳一起洗嗎？」

「當然不介意。不如說，這樣還比較讓我安心。」

我住宿舍的時候已經很習慣跟其他人一起洗澡了。不過，蘿蕾雅她應該不想吧……我本來是這麼想的，但看來只是我操心過頭。

「好。那，我們一起洗吧！」

「呼～～洗澡果然很舒服。」

「是啊，好溫暖。」

我們並肩坐在一起，放鬆地泡在浴缸裡面。

這間房子的浴缸很大，不知道是有考慮到需要做鍊器，還是有什麼其他的用途。

不過，既然浴缸很大，就代表我會看到蘿蕾雅的全身。

——嗯，她真的發育很好。明明年紀比我還小。

咦？她這樣算平均值？是跟我比起來才會顯得發育很好？

我怎麼可能會知道。而且也不想知道。

呃，嗯，其實冷靜觀察的話，會覺得我跟她的身材差異不大，只是再加上她年紀比我小這個事實，就……唔唔。

「珊樂莎小姐，妳怎麼了嗎？」

「沒……沒有！我沒怎麼樣！」

不曉得是不是我觀察得太明顯了，蘿蕾雅一臉狐疑地這麼問。我連忙搖搖頭，慢慢把肩膀以下都泡到熱水裡，閉上雙眼。

「呼……洗澡真的好舒服。都市人會常常洗澡嗎？」

「倒也不會。在都市裡也是只有很有錢的人家裡才有私人浴室。其他應該就是鍊金術師之類工作上一定需要洗澡的人了。」

「原來沒有很普及嗎？」

「是啊。不過，如果妳覺得洗澡很享受的話，隨時都可以來我這邊洗澡喔。我也是天天都會洗……咦？蘿蕾雅？」

我沒有聽到回應，就睜開眼睛看向蘿蕾雅，結果——

「唔咦咦～珊……珊樂莎消姐（小姐）……我頭好暈喔～」

「咦咦！」

蘿蕾雅全身癱軟地倚靠在浴缸邊緣。

為……為什麼？是泡太久了嗎？可是才剛開始泡沒多久耶？

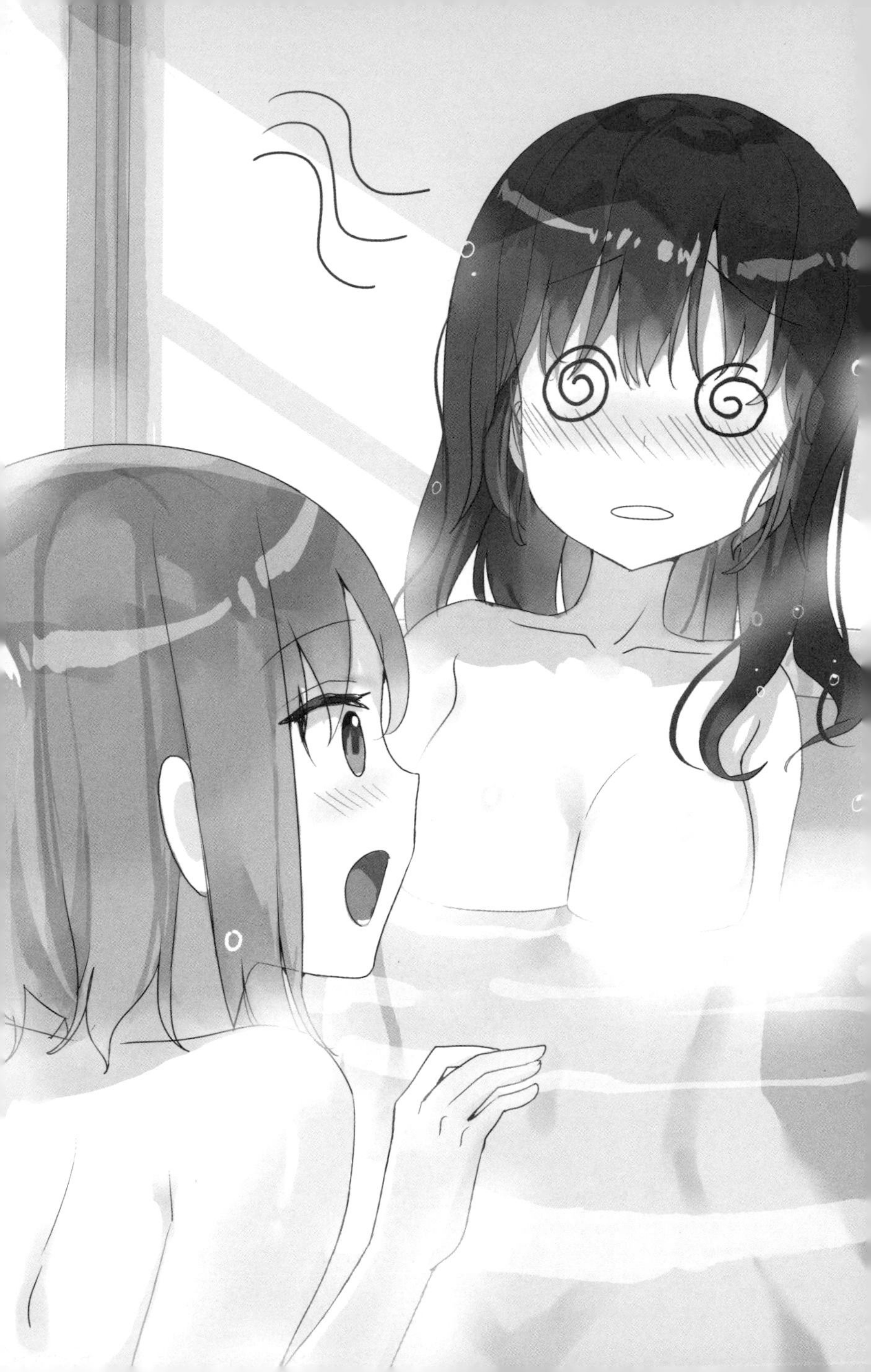

「妳……妳怎麼了？是身體不舒服嗎？」

「沒有～知是覺得輕飄飄的……輕飄飄的……呵嘿嘿。」

我扶起已經語無倫次的蘿蕾雅，發現她的臉明顯發紅，瞳孔放得很大，嘴巴也閉不起來……

啊！

「難不成是暈魔力了！」

「暈魔力～？」

在魔力濃度太高的地方待太久，或是被施加過多回復魔法的時候，會因為體內魔力比平常大幅增加，而引發暈魔力的狀態。

症狀就像現在的蘿蕾雅這樣，頂多渾身發燙跟頭暈，其實沒什麼害處。是沒有害處沒錯——

「我知道了，是因為這些熱水！」

我用魔法製造水，再用魔法加熱成現在這些洗澡水。

當然，水裡面也因為這樣而帶有我的大量魔力。

這些魔力本來只要過一段時間就會揮發，但這次是才剛熱好水就來泡澡了，結果魔力就被蘿蕾雅吸收掉……

「不對，現在不是顧著想這種事情的時候！」

我透過體能強化把蘿蕾雅抱起來，急忙離開浴室。

「哇～珊樂莎消姐力氣好大喔～嘿嘿嘿。」

「好好好，我幫妳把身體擦乾。」

我把不知道為什麼很開心地抱住我的蘿蕾雅放到毛巾上面，幫她換上睡衣。接著直接讓她躺到我的床上。

這種時候直接找個適合休息的地方等魔力消散就好，這樣最簡單，也最安全。

而且我的寢具是用環境調節布做的，剛好很適合吸收掉多餘的魔力。

「蘿蕾雅，妳今天就直接在這張床上睡吧。」

「豪～珊樂莎消姐不睡嗎～？」

「我也要睡了。我想想……我睡地板就好。」

雖然還有幾間空房，但我想在同個房間注意一下蘿蕾雅的情況。

「咦～我們一起睡嘛～難得來妳家過夜，有什麼關係～」

「呃……算了，也是可以。」

蘿蕾雅拉著我的手，要我睡同一張床上，而我也就這麼照她說的躺到她旁邊。

幸好蓋貝爾克先生給我的這張床大到連身材魁梧的男採集家都躺得下。

我們兩個都算嬌小，不會很擠，而且環境調節布讓被窩裡的空間變得相當舒適。

這樣就算是盛夏時節，也可以跟搭檔睡同一張床了！雖然我也沒有搭檔啦！

「嘿嘿嘿，緩安（晚安）～」

「嗯，晚安。」

我輕輕拍了拍還有點語無倫次的蘿蕾雅，哄她入睡，之後，我也閉上了雙眼。

◇　◇　◇

幾天後，我收到了委託蓋貝爾克先生做的床、桌子，還有布告欄。

他做出來的成品還是一樣能跟我店裡的氣氛完美契合。

我立刻把布告欄掛到牆上，把之前做來提醒大家的傳單貼上去。

布告欄還有多餘的空間，要拿來貼什麼好呢……？

「嗨～～」

正當我在看著布告欄沉思的時候，三不五時就來光顧的安德烈先生打開店門，打了聲簡單的招呼。

「安德烈先生，歡迎光臨。」

「嗯，上次真的很謝謝妳啊，讓我賺了不少錢。這些鍊藥的空瓶給妳。」

安德烈先生手肘放在櫃檯上，把初級外傷藥的幾個空瓶擺到桌上。

這種初級外傷藥雖然只能治療輕微割傷，但人本來就不是那麼容易受重傷，所以需求量最多的也是這種藥。

「不會不會，我也很謝謝你直接帶過來。因為萬一沒肢解好，就會變得一文不值了。你要一樣的鍊藥嗎？」

「對，我要一樣的。妳的鍊藥也幫了我們大忙。不然我們以前都會捨不得用，搞得滿身是傷。」

他們以前好像受輕傷基本上都是等它自然痊癒，只有會影響走動的時候才會用藥治療。

可是就算只是輕傷，也還是一樣會痛，不可能完全沒有影響。

他說現在連這種輕傷也是每次都會先治療好，才繼續採集工作。

「畢竟大家採集得更順利，我也會有好處嘛。」

「不不不，就算妳說只是要做生意，也沒其他地方會給這麼多優惠——嗯？這是什麼？」

他很快就注意到布告欄了。

好，我就假裝不經意提醒吧。

「喔，那是今天剛掛上去的。算是用來貼一些公告吧？」

「哦哦……提醒？——原來那個鍊金術師是這種人啊？」

「其實也只是我去的時候是那種態度而已。大概是看我年紀輕輕的，就想敲詐吧。」

安德烈先生看著我貼來提醒大家的傳單，面露複雜的神情。

傳單上只寫著事實，沒有加油添醋，避免被人挑語病。

就只有說「我把一樣的材料拿去兩間店問價，問到的收購價卻差了十倍」。

當然，我也有寫明收購價高的是哪一間，低的又是哪一間。

「竟然差了十倍，也太坑了吧。而且我們採集家就算被說材料『品質不好』，也分不出到底是真的還假的。」

「我也是被說材料的品質不好。」

我對自己處理鍊金材料的技術有自信，而且也判斷得出品質好不好，才會馬上離開那間店，可是換作是採集家被說品質差的話，也分辨不出對方是不是在說謊，所以這種手段真的很惡劣。

「他居然沒看出妳是鍊金術師啊！哈哈哈，那傢伙也真荒唐耶。現在有妳這間店，我應該是不會去那邊賣，但我會記在心上。」

嗯，請你務必廣傳給周遭的人知道。

呵呵呵，黑心鍊金術師的店最好早點倒店啦！

——哎呀，不小心講出真心話了。

不過，那種人也的確會造成我們同業的麻煩。

要是對鍊金術師的觀感變差，我跟其他的鍊金術師都會無辜遭到連累。

「不過，妳來這個村子以後，我們採集家的日子也真的好過很多喔。畢竟賺的錢比以前多了好幾倍！只是最近好像也因為這樣，有多了一點競爭對手。」

「啊～採集家果然有變多啊。我住在這個村子裡是很樂見氣氛活絡起來……」

「沒有，其實我也很高興這裡能熱鬧一點。只是，有些新來的感覺好像有點外行啊。」

「這……我的確也有點這種感覺。」

安德烈先生雙手環在胸前，嘴裡一陣聽起來很困擾的低吟。我也同意他的想法。

畢竟這座森林被人們稱作大樹海，實際上是真的滿危險的。

至少外行人抱著「想進去稍微走一下賺大錢」這種想法的話，是一定會在森林裡丟掉小命。

來我店裡的人本來全是資深採集家，最近卻開始出現看來較外行的人……算了，反正硬要逞強害死自己，也是採集家自己的責任，除非他們造成別人的困擾，不然我也沒資格多說什麼。

「我也是有在注意他們的情況啦，尤其年輕人有不少都滿輕佻的……」

「看來資深採集家也很辛苦呢。」

「畢竟我們以前也曾經年少輕狂。萬一真的出了什麼狀況，就麻煩妳盡可能幫幫他們了。」

「好。畢竟這個村子裡沒有醫生嘛。」

有人受傷或生病需要求醫，也是鍊金術師負責的範圍。雖然只能像他說的一樣「盡可能」幫忙，但也確實必須由我來面對傷患或病患。

只是我也不想做太棘手的判斷，其實不太希望真的有這種情況發生就是了。

我目送買好鍊藥的安德烈先生離開，手肘抵在櫃檯上想著這些事情的時候，又聽見了一次門鈴聲。

匡啷匡啷。

聽到鈴聲的我抬起頭，一如往常地對客人打招呼。

「歡迎光臨——咦，師父？」

「嗨。珊樂莎，妳看起來過得不錯嘛。」

舉起一隻手，面不改色地回答我的這個人無疑就是我的師父——奧菲莉亞．米里斯。

「過得好不好不是重點……重點是妳怎麼會來這裡！」

「嗯？我來看徒弟過得怎麼樣會很奇怪嗎？」

「也不是奇怪……不對，根本怪到不行好不好！王都離這裡很遠耶！」

師父是屈指可數的大師級鍊金術師，老實說，她平常非常忙碌。

雖然要接多少工作是看師父的心情，但也確實有非常多人會委託她打造鍊器。

既然我花了一個月時間才抵達這裡，就表示師父這趟來回要兩個月。

以她的身分來說，根本不可能暫停開業這麼長一段時間。

「是啊。來這裡花了我三天時間。」

「對吧！來這裡很花時間耶！——咦？三天？」

「嗯，三天。」

「為什麼！我來的時候轉乘好幾次馬車花了一個月耶！」

「因為我是用跑的。」

「哪有可能……不對，師父的確有可能用跑的比較快。可是也不至於三天就到了吧！」

「有好好鍛練就可以這麼快。珊樂莎，妳是不是鍛鍊得不太夠？」

「妳說得好像自己是習武的人一樣……我們應該是鍊金術師吧？」

「的確。既然妳都這麼說了，就用妳的腦袋想想是為什麼吧。」

「啊，我知道了。妳一定有用什麼特別的鍊器或鍊藥吧！」

「不，我沒有用那些東西。」

「喂。」

都是因為師父說些莫名其妙的話，害我忍不住吐槽她。

「不過，多少鍛鍊一下比較好是真的喔。畢竟有些鍊金材料怎麼樣都收購不到的時候，也會需要自己去採集。」

「師父也是這樣嗎？」

「以前是。升上大師級以後就不需要煩惱這個問題了。」

「啊，因為有些客人會自己帶材料來嘛。」

我在師父店裡打工的時候，也有遇到不少客人是先收集好很難弄到的材料才來，希望師父比較願意接下委託。那些人大多是貴族，而且自備材料就不需要多花時間去收集，所以這種的委託都會相對優先承接。

只是如果師父看對方不順眼，材料準備得再齊全也一樣會直接吃閉門羹。而大師級鍊金術師做這種事也不會遭世人撻伐。

「話說，我好像沒教過妳戰鬥技巧。」

「是……是啊。不過學校的實習課是有教一點。」

雖說是「有教一點」，但畢竟是要採集鍊金材料，所以學到的戰鬥技巧足以打倒一般的野獸，而且應該還比沒有受過正規訓練的盜賊強。

「實習課教的可能不太夠。好，反正來都來了，我就來教妳一些打鬥技巧吧。」

「咦？通常這種時候不是應該教我鍊金術的技巧嗎？」

「等妳遇到瓶頸再來考慮看看。妳現在應該還沒遇到什麼困難吧？」

「對，是沒錯。」

我會有材料不齊全的情況，卻也不曾因為技術不足而鍊不出想鍊的東西。

畢竟只要是可以自學的領域，都可以想辦法搞定。

「不過武術就要有導師教，才學得快了。來，我們走。」
「咦？等……等一下，師父，請妳等一下！」
師父牽著我的手走到店外。
我的店跟隔壁耶爾茲女士家之間有足夠寬廣的空地，完全夠讓人在這裡做點運動。
也不曉得該說是幸運，還是不幸。
其實能接受師父親自指導，本來應該是要謝天謝地的……
「珊樂莎，妳以前是用什麼武器？」
「呃，我以前是用劍……啊，對了。其實我沒有自己的劍耶～實習的時候也是跟學校借的。
啊～好可惜喔～」
因為我沒有多餘的錢可以買一把自己的劍。
而且課堂外用不到，所以我都是跟學校借。
我是有一把用來在旅途上保護自己的短劍，但就真的只是單純帶在身上。
幸好我也沒遇過要用到它的狀況。
啊，不過我的劍術可是全年級第一名喔。
而我可以拿第一，當然是因為劍術考試也有獎勵金可以拿！
再加上劍術不怎麼影響鍊金術成績，沒有想要獎勵金的人大多比較沒有認真學。在這種情況下，我怎麼可能不努力拿第一呢！

而且沒有認真學的人很多，所以劍術老師看我很積極學劍，就很用心教我。

只是我認真學劍的目的純粹是為了獎勵金，並不是因為我喜歡劍術。

「怎麼？原來妳沒有適合打鬥的武器啊。真拿妳沒辦法。」

「嗯，所以今天就——」

「這個給妳。雖然不是什麼上等好劍，但應該還算好用。」

我還沒說出「先別練習戰鬥技巧了」，師父就俐落地從腰包拿出一把劍，朝我輕輕丟過來。

「哇哇！」

我連忙接下那把劍，輕輕拔出鞘，就看見能夠清晰照出我的臉的刀身。既然師父會願意拿給我，應該就不是觀賞用的吧？

「我可以用這把劍嗎？它看起來很貴耶。」

「沒關係。那把劍不是什麼特別的東西，它唯一厲害的就只有很堅韌而已。」

就算師父說「不是什麼特別的東西」，也只是師父自己這麼認為啊～

至少外表看起來是很昂貴……但我就不客氣地收下了。

「好了，拿好妳的劍。我來看看妳有多少實力。」

「呃，師父要我用這把劍打嗎？」

師父拿出另一把劍，那把劍的劍刃有被磨平，怎麼看都是用來訓練的劍。可是我手上的明顯是真劍。照理說不應該在訓練中用這麼危險的東西。

「哦，難道妳以為妳打得中我嗎？」

「唔……」

師父奸笑著說出的這句話，讓我完全無法反駁。

我是很可能根本打不到師父沒錯啦！

可是還是會怕啊，萬一害師父受傷了怎麼辦？

「總之，妳不需要擔心。我一直都會隨身攜帶只要人還活著，連奄奄一息的人都可以變得毫髮無傷的鍊藥。所以妳也不要怕受傷，放馬過來吧。」

「但是！我不喜歡受傷！」

師父對我揮揮手的模樣讓我有點火大，於是我決定偷襲她，只是我的攻擊也一如預料，被師父輕鬆擋了下來。

我又接著連續進攻，卻感覺自己好像在敲打柔軟的東西一樣，總是被輕易擋下來，往一旁架開。我都已經用體能強化加快速度了耶！

「哦哦哦。珊樂莎，妳比我預料得還要厲害嘛。妳真的只有在課堂上練劍嗎？」

「妳這麼！輕鬆地！邊擋邊說！也沒有說服力啦！」

「嗯～只在課堂上學劍還練得到這個程度，妳搞不好意外滿有學劍術的潛力呢……」

師父很心平氣和地在講話的這段期間，我依然在拚死命進攻。嗯。

老實說，我很想大喊這也太扯了。

原來全年級第一名的劍術終究跟兒戲沒兩樣嗎？我當初很努力在學耶。

「哎呀～看來很值得好好訓練妳的劍術才能啊！」

師父一臉高興地不斷彈開我的劍，發出鏗鏗聲響。

我則是已經沒有餘力說話，在跟師父拉開一大段距離後吐了口氣。

「師父，妳真的是鍊金術師嗎？」

「妳也挺厲害的啊。妳已經比一般士兵還要強了。」

那當然。雖然我沒有說出口，但其實我對自己的劍術算是有點自信。

至少是有自信到單獨帶著一把短劍前往這種鄉下地方的旅途。

——只是現在我這份自信也碎滿地了。

順帶一提，剛才明明打得那麼激烈，這把劍卻不只鋒芒不減，甚至看不見任何微小的損傷。

它的確很「堅韌」。

「……師父，還要繼續打嗎？」

「妳說這什麼話？現在才剛確認完妳有多少實力而已，不是嗎？我都還沒開始認真指導妳，接下來才是重頭戲呢。」

「真的假的啊……」

看師父笑得這麼高興，讓我心情有點微妙。但我還是拿好了手上的劍。

「反正只要訓練個半天就能有點成果了。妳放心吧。」

是要我放什麼心？

不過，師父是真的一直以來都很～照顧我，我也沒有那個臉拒絕她的要求。

我乖乖照著師父的吩咐，從該怎麼揮劍這種很單調的訓練開始練習。

而且偏偏就是這種時候都不會有客人來。

不對，正確來說是應該有人來，可是遠遠看到我跟師父在訓練，就會像是不想打擾我們一樣半途離開。

各位～你們不用擔心會打擾我們啦。

我不可能會覺得客人礙事啊！真的！

——我內心的吶喊完全沒有傳進客人的心裡，於是，我跟師父的劍術訓練就這麼持續到很難看清楚劍的日落時分之後，才終於停下來。

「所以，師父，妳來這裡有什麼事嗎？妳應該不是單純來看我過得好不好吧？」

「那是我最主要的目的沒錯啊。畢竟妳突然被丟到這種鄉下地方，要是生活過得不好，不帶妳回去會出大事吧？而且妳如果窮苦到連回王都的旅費都湊不到，就算是我，也是會心痛的。」

聽師父笑著說出這番話，我也忍不住用嘴角表達我的不悅。

「唔……我現在是不愁沒有吃的。只是這裡太鄉下了，現金跟賣材料之類的處理起來有點麻煩。」

我平安熬過相當嚴格的訓練，沒有受傷。而我們在去浴室沖過汗水之後，就一起吃晚餐。

桌上的料理大多是師父從包包裡拿出來的。

全都好吃得無話可說。應該是瑪莉亞小姐做的。

「我想也是。在這裡就算要拿去南斯托拉格給人收購……妳應該要花一天時間吧？」

「對。現在要當天來回還有點困難。」

「看來妳要先加強自己的體力才行。畢竟妳有辦法用魔力彌補體力不夠的問題。妳只要稍微鍛鍊一下，就可以在幾小時內來回了。」

「唔！」

我是很想說「哪可能那麼快！」，但面對只花三天就來到這個村子的師父，我也沒辦法反駁什麼。

實際上，我遇到自己力氣不夠的情況，的確都會依賴體能強化。所以師父說的很有道理。

一些一般鍊金術師會因為魔力不夠而彌補不了的問題，在我身上都會變成『可以靠大量魔力加大強化幅度，導致我就算原本的力氣很小，還是可以解決某些難題。

「……我會努力鍛鍊看看。」

「我想想……要不要我給妳可以比較有效率增加耐力跟力氣的鍊藥？」

「原來有那麼方便的東西嗎？」

明明增強體力的過程給人的印象都是又單調又煎熬。

「有啊。雖然沒有便宜到一般人買得起，但有些有錢人會用。只是也有些滿腦子肌肉的熱血騎士說這是『邪門歪道』。畢竟那些傢伙都是群喜歡虐待自己身體的被虐狂。」

「呃，被虐狂……」

騎士可是一群經過嚴格訓練，很可靠的人耶。

而且我也實際聽說過我們國家的騎士訓練得非常精實。

「對了，有什麼副作用嗎？」

「沒有。我這裡只有兩三瓶，用完就要自己做了……記得第六集應該有寫配方？珊樂莎，妳現在做到哪裡了？」

「第三集一半都還不到。」

「我想也是，妳現在應該很難有進度。不只要花錢，再加上妳有開店，也沒時間處理這個吧？」

「對啊！雖然我是很高興客人願意上門啦。」

「這算是自立門戶的鍊金術師常有的煩惱。畢竟也不能找一般人幫鍊金術師顧店。」

「的確。」

只是要賣鍊藥的話還沒問題，但收購材料就需要鑑定能力了。

有些材料只有鍊金術師能看得出狀態好不好，而且光是不需要專業鑑定的東西，種類就相當繁多。一般人連要鑑價都很困難。

「所以終究還是要親自訓練新人。僱個願意長期合作的店員訓練一下，就可以請對方幫忙處理很多事情了。訓練到像瑪莉亞那樣的話，會輕鬆很多喔。」

「像瑪莉亞小姐那樣啊。她在師父店裡待很久了嗎？」

「是啊。她從我自立門戶沒多久以後就是我店裡的店員了。」

「咦……」

年齡不詳的師父剛自立門戶的時候……

師父外表上看起來很年輕，可是大師級鍊金術師絕對都有一定年紀了，想必長期在她身邊工作的瑪莉亞小姐也不會太年輕。

明明她怎麼看都只像是個年紀比我大一點點的漂亮大姊姊！

「妳也要找一個可以長期跟妳合作的人。會很方便喔。」

「畢竟瑪莉亞小姐是直接住在店裡，還照顧師父的生活起居嘛。感覺沒有瑪莉亞小姐在的話，師父的生活環境一定會很亂。」

「哈哈哈！這我倒沒辦法否認。」

師父很乾脆地笑著肯定我的猜測。

妳怎麼可以就這樣承認了呢？

我只有在店裡的最後一天，也就是師父幫我慶祝的隔天有看到她平常在家裡的樣子，我從她當時的模樣就能猜到她很依賴瑪莉亞小姐。

當時早餐也是瑪莉亞小姐準備的，感覺就好像除了工作以外都不管的父親，跟照顧那種父親的太太。

雖然師父是女的，可是我總覺得她有點像以前爸爸還在世的樣子。

「師父，妳要小心別被瑪莉亞小姐拋棄喔。」

「別擔心。我有給她夠多薪水。」

「這不光是錢的問題，還有心意。實際把對她的感謝面對面說出口，也是很重要的。」

「唔……我會考慮看看。」

師父不曉得是不是有稍微反省自己的言行舉止，一臉正經地同意了我的說法。

反正真會鬧出問題的話，也早該出事了。而且瑪莉亞小姐都在師父身邊這麼久了，應該也很了解師父的個性。

「所以，妳還有其他事情嗎？」

「喔，對。我第二個目的是要在這裡放傳送陣。」

「傳送陣……嗎？」

「嗯。妳應該知道吧？」

「知道是知道……」

傳送陣就如其名，是可以讓物體在兩個地點之間傳送的鍊器。

光聽這一點會覺得很方便，但一般認為實際上是不怎麼實用的東西。

會這麼認為，是因為同一個鍊金術師要親自前往擺放傳送陣的兩個地方，連結兩個點。

以這次的狀況來說，就是要在我店裡放傳送陣，跟師父店裡的連結起來。只是「連結」的工程不只不算簡單……還是困難無比。

兩個地點的距離愈遠，連結的難度也愈高，一般鍊金術師光是傳送地點不在視線範圍內，就會很難連結。而就算是技術比較好的鍊金術師，也是隔了一個城鎮的距離就會很困難。

就算想辦法克服了這個問題，也還得煩惱需要耗費的魔力。

消耗的魔力量跟傳送的物體數量和距離成正比，所以頂多只能傳送輕巧的物體。至於生物，則是不管魔力量有多少都無法傳送。

而且傳送陣就定位以後，就不能再去動它了。

要是因為覺得有點擋路就移去其他房間，就得全部重新來過。

也因為傳送陣的限制很多，導致就算學會怎麼用，也不會有機會運用——這是當初教我們傳送陣的教授說的。

「很少部分的人還是有在用。雖然也只是傳送信件而已。」

「就算只能傳送一個城鎮的距離，還是比騎馬快……是吧。可是，從這裡到王都的距離——不對，問師父這個，好像也沒意義。」

我自己是辦不到，只是想也知道師父不可能會提議連她自己都辦不到的事情……

「憑妳的魔力量，應該不用擔心吧？而且我也有稍微改良過，把需要的魔力量壓低了。」

「我的魔力量確實是比一般人多……可是為什麼要特地放傳送陣？」

「我有說會買妳的鍊金材料，但是妳要寄過來也很麻煩吧？用傳送陣的話，一瞬間就能送過去了。還有，到時候我也可以送妳想要的材料過來。」

「那樣的確是會方便很多……」

不只輸送要花一個月時間，還要花費不少輸送費用。

再加上師父願意傳送很難在這裡拿到的材料過來的話，也會對我《鍊金術大全》的進度有很大幫助。老實說，在這裡放傳送陣只有好處，沒有半點壞處。

「我知道了。地點……選在工坊角落可以嗎？」

「選哪裡都可以，不會礙事就好。喔，對，選一樓還是會比較好。放在二樓會稍微麻煩一點。」

「居然能說是稍微麻煩一點……一般來說完全不可能耶。」

傳送陣最好放在直接接觸地面的地方。

因為隔著石板似乎不會有太大影響，我才會提議放在地面是石板的工坊……說的也是，不能用「一般人」的標準來看師父。

不過也沒必要故意挑難度比較高的地方，所以我直接帶師父進去工坊。

「這附近可以嗎？」

「嗯，沒問題。」

傳送陣只花短短幾分鐘就安裝好了。

師父輕鬆的模樣完全不像是在處理一般被認為很困難的工程。她接著把小瓶子放在傳送陣上面，注入魔力。下一秒，小瓶子就憑空消失了。

「好，有在正常運作。珊樂莎，妳如果有想賣的東西，就直接傳送過來。我會用王都的價格跟妳買。需要什麼材料也直接寫下來告訴我，我弄得到就會幫妳弄來。」

「謝謝師父。可是這樣真的好嗎？我沒有想什麼就一直傳送過去的話，會不會影響到師父店裡的庫存跟資金……」

「在王都總有辦法銷掉那些材料的。不過，要是妳傳送太多一樣的東西過來，我還是會依照妳傳來的量，拉低收購價。」

光是「用王都的價格收購」，就是對我非常有利的交易了。就算價格稍微變低，也還是有不少利潤。

基本上王都附近不太能採集到材料，所以大多材料都要從很遠的地方運輸過去，導致輸送成本也會算進商品價格裡面。

也就是說，大多材料的收購價都會比南斯托拉格高。

明明安裝傳送陣的師父有權用扣除輸送成本的收購價跟我買，她卻還是願意用王都的價格跟我買，等於她完全是在資助我。只能說我真的很幸運。

「好了，我沒有其他事情了。妳應該還要一段時間才睡吧？讓我聽聽妳在這裡立下了哪些豐功偉業吧。」

「我是沒做什麼會被說是豐功偉業的事情啦……我想想要先從哪件事開始說。」

結果那一天我一直跟師父聊到了很晚。

隔天，師父就用現金買下堆在我倉庫裡的庫存，還用「預付款」的名義留下很多現金給我，才離開村子。

這筆錢解決了我現金不夠的問題……只是師父明明千里迢迢過來，卻還是早早就回去了。

但想想她也不能暫停營業太久，的確是沒辦法在這裡逗留。

順帶一提，她準備回去的時候還對我說「我下次來的時候會看看妳劍術磨練得怎麼樣了。妳可別偷懶喔」。

……照理說應該是要看看我的鍊金術有沒有進步吧，師父？

◇　◇　◇

「咦，原來珊樂莎小姐的師父有來嗎？」

「對啊～所以我昨天很累……現在肌肉痠痛得要死。」

我整個人癱軟在店裡的櫃檯上。

我平常沒怎麼運動，所以只是訓練短短一天都會全身肌肉痠痛。

而我就這麼一邊癱在櫃檯上，一邊跟來找我玩的蘿蕾雅講起昨天發生的事。

「這樣啊……原來鍛鍊鍊金術也會這麼勞累啊。」

「不，不是。啊，鍊金術也是會很勞累沒錯啦，可是我是因為其他事情才這麼痠痛。」

這誤會可大了。

雖然她會有這種誤會也不奇怪啦。

「是因為師父幾乎一整天都在訓練我的劍術。」

「……咦？妳說的師父不是鍊金術的師父，是劍術師父嗎？」

蘿蕾雅一臉聽不懂我到底在說什麼的表情。

很莫名其妙對吧？來的是鍊金術的師父，卻幫我鍛鍊劍術。

「不，來的是鍊金術的師父沒錯。」

「……我聽不懂珊樂莎小姐在說什麼。」

「我自己也快搞不懂是怎麼回事了。總之，簡單來說是教我鍊金術的師父要我多鍛鍊身體，就幫我訓練我的劍術。」

「呃……原來鍊金術師會劍術嗎？」

「其實會喔。只是有人厲害得很誇張，也有人技術很差。畢竟學校還有帶學生去採集的實習課程。」

我簡略地對頭上冒出很多問號的蘿蕾雅解說學校的課程。

一般人會直覺認為鍊金術師是純靠腦力的職業，但實際上並不只是需要動腦。

「順帶一提，我的師父是厲害得很誇張的那一種。那已經不是普通人的境界了。」

「原來妳的師父強到超乎常人嗎？」

「大概吧～我本來對自己的劍術還算有自信的……」

「其實我連珊樂莎小姐會劍術都覺得很意外了。」

「不過，應該也只有極少數的鍊金術師會自己去採集材料啦。」

如果遇到一定要自己去採集材料的委託，只要直接回絕就好。

因為不勉強自己冒險，還是可以賺很多。

尤其也不是所有鍊金術師都很有上進心。

「只是，師父都特地送了我一把劍……」

「哇，這把劍好漂亮。」

蘿蕾雅一看到我拿出來的劍，就變得眼神閃亮。

這把劍上沒有任何多餘的裝飾，完全是以實用為重的造型。即使經過昨天一整天的訓練，它的鋒芒還是絲毫未減，劍刃也沒有磨損，甚至沒有半點刮傷。

這把劍用買的絕對會很貴。它絕對不是「單純很堅韌」的劍而已。

「讓它積灰塵也會很過意不去，我只好繼續鍛鍊劍術了。」

「明明是鍊金術師，還是要鍛鍊劍術嗎？」

「嗯。反正我來這個村子以後就有點太懶惰了，說不定也是找回鍛鍊習慣的好機會吧？」

我太高興自己順利畢業當上鍊金術師，就沒有把自己逼得跟以前一樣緊，但可能有點鬆懈過頭了。

而且我還在校的時候，也的確多少有在鍛鍊體能。

不然萬一生病，問題可就大了。

不只要花錢治病，再加上鍊金術師培育學校的作風就是成績一差就會直接退學，不會聽進「我感冒了，所以考試沒考好」這種藉口。

「懶惰……嗎……？可是我從來沒看過珊樂莎小姐拋下工作跑去玩耶？」

「不不不，我其實有不少時間都沒在做事——雖然有一部分是因為我要顧店，不能做其他事情就是了。」

我會做一些可以在櫃檯前面處理的事情，但有很多作業一定要在工坊裡才能處理，所以無法避免只是坐在椅子上發呆的時間變多。

在校的時候還有辦法借書來看，只是這個村子當然沒有地方可以借書，而我自己也是窮到手邊只有《鍊金術大全》那幾本書。

顧店的時候能做的事情非常少。

雖然是可以用這段時間鍛鍊體能，可是也不知道什麼時候會有客人上門，風險有點高。

店員躺在店裡仰臥起坐的景象——一定怪到不行。

如果是我看到這種店員，我一定馬上轉頭離開。

「要是能僱一個人來幫我顧店就會方便很多……妳應該沒空幫我吧？」

「咦？不會啊，我可以幫忙。只是我也不知道有沒有辦法幫上妳。」

我本來是不抱希望地問問看，結果蘿蕾雅給了我一個意外的答案。

「咦？可以嗎？妳不用幫家裡的忙嗎？」

蘿蕾雅雖然常常來玩，但也不是每天都會來。

我一直認為她沒來的時候應該就是在幫家裡的忙……

「爸爸他們最近都一個月才去進貨一次，如果可以讓我那幾天請假就沒問題。應該有薪水吧？」

「當然有。只是我也沒辦法給妳太多。」

「有就好了。畢竟幫忙家裡沒薪水可以拿。只是我沒有其他兄弟姊妹，我也不能不幫。」

畢竟家裡開店的人一般都會要小孩子幫忙嘛。

這麼說來，蘿蕾雅家都沒有其他兄弟姊妹呢。

在這種鄉下地方只生一個小孩還滿稀奇的……如果問下去發現是原本有其他兄弟姊妹，可是過世了會很尷尬，我也很難啟齒。

「妳不想僱用我的話，我也可以介紹其他我認識的人來。」

「啊，不用。妳願意來的話，我也比較好辦事。畢竟我們已經很熟了。」

「啊～也對，因為珊樂莎小姐都沒有跟村子裡的小孩打交道嘛。」

「對啊。可是村子裡有能被介紹來工作的小孩子嗎？」

「啊～～要找現在沒在工作的人的話，就剩年紀還很小的人了。因為一般到我這個年紀都已經有工作了。」

蘿蕾雅表情顯得有點尷尬。

在農村一般只要過了十歲就得幫忙家業，而像蘿蕾雅這樣十三歲的話，就會被要求負擔跟大人一樣的工作量。

假如沒有要分擔家業，就會去其他人家裡工作賺錢，或是用勞力換取農作物。

蘿蕾雅一直以來都在幫家裡顧店，但現在父母自己可以負擔，讓她變得沒有事情可做，似乎已經有點在急著找新工作了。

「那我就麻煩妳來我店裡幫忙好了。」

「好！請務必讓我來妳這裡工作！——可是，我有辦法勝任嗎？一般要在鍊金術師的店裡工作應該很難吧……」

「是啊，應該會滿吃力的？」

聽到我這麼說的蘿蕾雅臉上浮現一絲不安，不過我輕輕拍了拍她的肩膀，對她露出微笑。

「別擔心，該教的事情我都會先教妳一遍。只是，我希望妳可以長期在我這裡工作。」

如果可以變成像師父跟瑪莉亞小姐那樣的關係就好了。

「好的！我會一直在這裡工作到妳把我趕走的那一天！」

「嗯，反正妳有認真工作的話，我就不會趕妳走，就麻煩妳嘍。」

我說完就伸出自己的手，接著蘿蕾雅也用帶著些許緊張的神情，用力握緊了我的手。

◇　◇　◇

雖然蘿蕾雅自願在我這裡工作，但很可惜的是她還沒成年。

若是我這樣的孤兒倒還好，不是的話，就一定要先經過父母同意，才能僱用她。

所以我馬上去找達爾納先生問問看可不可以僱用蘿蕾雅，而達爾納先生跟瑪麗女士聽完我的提議，也都舉雙手贊成。

他們兩個好像也在煩惱幫蘿蕾雅找工作的問題。

兩人甚至說用不著讓蘿蕾雅在他們去進貨的空檔顧店，要她全心全意在我這裡工作就好。

談不攏的反而是蘿蕾雅的薪水。

原因是我認為「太低」的薪水，在達爾納先生眼中「太高」了。

我是以王都的打工費當作標準，來算有書寫跟計算能力的蘿蕾雅可以領多少薪水，不過達爾納先生堅持不答應我給的金額，說「讓小孩子有太多錢不是好事，而且這樣會讓她跟其他人的待遇差太多」。

唔～看來除了都市跟鄉下的薪資差距以外，最大的問題應該還是不能讓周遭人覺得不平衡吧。

大家會因為「鍊金術師是出身自很難畢業的學校」，比較能接受鍊金術師賺很多錢；可是單純顧店就可以拿很多薪水，就會讓別人認為「這麼簡單的事情我也辦得到」。

而且這座村莊很小，只有一個人賺得特別多，很容易變成大家嫉妒的對象。

經過各種協調，最後我們決定把蘿蕾雅的薪水訂在「比同齡的人稍微高一點點」。達爾納先生本來主張跟同齡的人一樣就好，是我硬是說服他讓我多加錢。

畢竟她書寫跟計算的能力理應得到鼓勵，再加上我這麼做也有「給的薪水比一般人高，她應該比較不容易辭職」的意圖。

我的目標是可以跟她變得像師父跟瑪莉亞小姐那樣。

如果可以跟她和樂相處十幾年，應該也是滿不錯的吧？

No 001

鍊金術大全：記載於第三集
製作難度：普通
一般定價：6,000雷亞以上

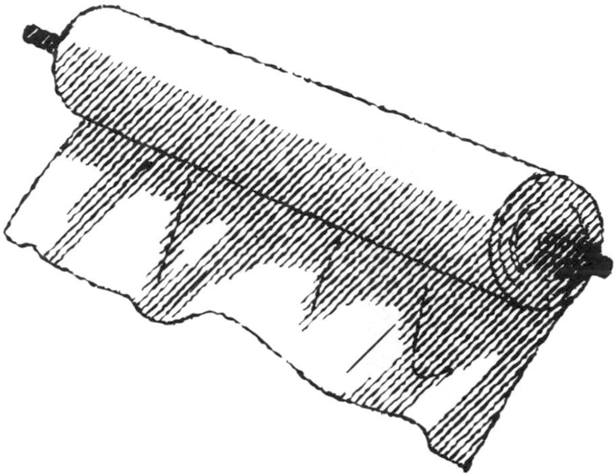

〈環境調節布〉

它可以讓人在夏天覺得涼爽，冬天覺得溫暖。做成衣服，就能隨時做自己喜歡的穿搭，無需顧慮氣溫。做成寢具，則可以常保舒適的睡眠環境。這種布會利用周遭的魔力跟使用者的極少量魔力，打造出舒適的環境。

Management of Novice Alchemist
Get My Shop!

Episode 4

風暴將至

「歡迎光臨！」

我一來到店面區域，就看到滿面笑容的蘿蕾雅正好在接待客人。

我已經僱蘿蕾雅來店裡工作一個多星期了。

她比我預料的還要更優秀。

會算數的她不只可以流暢地販賣商品，事情也學得很快，現在已經多少可以處理簡單的收購了。

畢竟這附近的採集家帶來的材料不會太多種。

當然，遇到要鍊金術師才有辦法辨別的材料就會找我去鑑定，不過會需要找我的頻率也很低，讓我有足夠時間專心處理鍊金術方面的事情。

我的《鍊金術大全》的進度也因為這樣一口氣前進了不少，現在已經進展到第四集最後一小部分了。

而進度有辦法這麼快，也主要是多虧了師父離開前送我的各種材料。

因為第四集裡的配方常常會需要一些我現有財產會有點買不起的東西。

而且蘿蕾雅不知道是不是很擔心我吃得不好，還問我「要不要我順便幫妳煮飯？」……只是我的廚房現在還是空蕩蕩的。
我坦白還沒湊齊廚具之後，蘿蕾雅就露出很傻眼的眼神對我說：「珊樂莎小姐，妳也太誇張了吧……」看來我差不多該添購一些廚房用品了。
「蘿蕾雅，妳習慣這份工作了嗎？」
「嗯！我習慣了……只是買賣金額比我們家的雜貨店大很多，會讓我有點心驚膽跳的。」
蘿蕾雅笑著表示習慣了以後，臉上又立刻浮現一絲沮喪。
鍊金術相關的商品的確都很貴。像收購材料的時候，也是要先準備好一大筆錢。
不過，經常有鉅額買賣的鍊金術店當然有防盜對策。
「哈哈哈，不會有問題啦。妳應該記得防盜設備怎麼用吧？如果有怪人上門，妳就直接用吧，不要猶豫──雖然聽說會很痛，但不至於出人命。」
我摸著蘿蕾雅的頭說出的這番話，讓店裡的幾個採集家一臉驚恐地看向我。我也對他們露出笑容。
反正只要不動歪腦筋，就不會有事了嘛～
「有什麼狀況記得叫我喔。」
「好！」
嗯，回答得很有精神。

正常的採集家應該是不會惹出什麼麻煩啦。
因為要是受到村民排斥，他們不只會沒地方住，連吃都不一定有得吃。
畢竟在這種小村子裡面，不好的傳聞可是轉眼間就會全村人都知道了。
「那就麻煩妳了——」
就在我補完貨，正準備再次回去工坊的時候。
「求……求求你們幫幫忙！」
我聽見有人喊著這句話，隨後就有一群人用幾乎要撞破店門的速度闖進店裡。是兩名男子跟一名女子，他們正把另一名女子扛進來。
「噫——！」
蘿蕾雅會忍不住倒抽一口氣也是難免。
他們四個人的模樣只能用「遍體鱗傷」來形容。
傷得最嚴重的是被扛著的女子，她全身都起疹子，面色蒼白，而且整條右手都斷了。
傷口有止血，但還是不斷在地上留下點點血跡。
「讓她躺到地上！蘿蕾雅，妳先帶其他客人到外面！」
「好……好的！」
臉色鐵青的蘿蕾雅雖然微微顫抖，卻也語氣堅定地回應我的指示，立刻動身。

我也迅速走去被移到地上的女子身邊，觀察她的情況。
還有一點點呼吸，但是非常微弱。
腹部好像也有很嚴重的傷勢，緊緊捆著腹部的布被血染成一片鮮紅。
她的左手被燒得焦黑，沒有受傷的部位可以看到皮膚上起了紅疹。
「看起來……她不只有受傷，還中毒了。」
「求求妳！快救救艾莉絲！」
另一名女子大聲懇求協助。
她站的地方跟把受傷的女子移到地上的男子和另一名男子有段距離，顯得很坐立不安。
「右手呢？」
「在這裡！」
她遞出被斗篷包裹著的斷臂。
似乎是被狠狠扯斷的，狀態很差。
但還是比沒有來得好。
「我可以救她。」
「真的嗎？那——！」
我舉起手打斷露出高興神情的女子，並正眼看著她的臉，開口確認。

「不過！妳真的要我救她嗎？治療費會很高喔。」
其實她的傷勢不能再拖下去。
只是身為鍊金術師，真的沒辦法不先事前確認。
「妳太過分了吧！都要出人命了還顧著錢——」
「外行人給我閉嘴！」
女子語氣凶狠地責罵插嘴的男子。
「我們才不是外行——！」
「艾莉絲會受傷還不是因為你們有勇無謀！」
「⋯⋯⋯⋯」
男子們被女子狠狠一瞪，便尷尬地撇開視線，也不再多嘴。
原來如此，看來他們應該原本各自都是兩個人一組，只是臨時組隊？
「拜託妳，救救她吧。」
「嗯。有兩種方法救她。一是只讓她保住一命，二是完全治好她。我想妳應該也知道——」
「錢我一定會付！所以請妳盡可能治好她！」
「好。那，小姐——」
「我叫凱特。」

「凱特小姐先去裝水過來。後院有一口井。蘿蕾雅，妳帶她過去。」

「好！」

凱特小姐跟著已經請客人離開後又折返的蘿蕾雅前往後院，而我則是去倉庫拿鍊藥。

這次不是單純受傷，會有點麻煩。

會需要用到讓手臂在接上去之後自己癒合的鍊藥，還有預防生病的鍊藥、用來恢復體力的鍊藥，跟解毒用的鍊藥。

同時有外傷跟中毒讓她的體力被大幅削弱這一點特別難處理。

如果只有其中一個，就可以只用一兩種鍊藥就好……

我把需要的鍊藥跟道具放進袋子，回到店裡，就看見凱特小姐跟蘿蕾雅已經裝好水回來了。

我把那個桶子裡一半的水移到新拿來的桶子裡面。

「凱特小姐，妳把那條斷掉的手臂傷口附近清洗乾淨。辦得到嗎？」

「好！我來洗。」

這種事情對不習慣的人來說會有很大的心理負擔，不過凱特小姐語氣堅定地答應了我的指示，伸手拿起斷臂。她清洗的動作意外俐落。

這段期間我則是把女子——艾莉絲小姐肩頭部分的衣服剪開，清洗那附近的傷口。

清洗傷口的這段過程，艾莉絲小姐幾乎沒有任何反應。

——生命跡象不太樂觀。要快點治療才行。

我從凱特小姐手上接過斷臂，把差不多半瓶的鍊藥分別灑在兩邊的傷口上，剩下的再嘴對嘴讓她喝下去，隨後原本被扯下的手臂就完美接合了起來。

這是我第三次看到斷肢接合，但還是會忍不住佩服這種藥的效果。

我接著讓她喝下解毒用的鍊藥，再花一段時間讓她一次一小口地慢慢喝下恢復體力的鍊藥。

「嘖！哪有人會在人命關天的時候收錢啊？」

「也太死要錢了吧。鍊金術師就是這種死樣子。」

那兩個圍觀的有點吵。

幫不上忙就給我滾去別的地方啊。

「你們兩個！別鬧了——」

我制止大聲怒罵，打算抓起對方衣領的凱特小姐，並指向那名男子。

「那邊那個男的，你以後就把在大樹海採集到的東西拿來我這裡吧。我會全部拿來做善事。而且我應該可以不用付錢吧？畢竟人命關天嘛。」

「什麼！這是兩回事吧！」

「就是說啊！誰會把賭命採來的東西免費送人啊！」

「我們說的有什麼不一樣？如果我願意免費治療有生命危險的人的傳聞傳出去了，你們覺得會有多少人跑來這個村子？再說，你們採集家會進去大樹海，也是因為鍊金術師會用正當價格收購材料吧？哪天鍊金術師跟你們說『我把你們帶來的材料拿來救人了，所以我不付錢』，你們會願意乖乖吞下去嗎？」

聽完我這麼說，男子們瞬間啞口無言。

這些人是以為鍊金術師的錢怎麼花都花不完嗎？

而且這次用的鍊藥的材料其實也不是我現在買得起的東西。

是碰巧師父有給我餞別禮，才有辦法做出這種藥。正常根本不可能隨時擺一瓶在店裡備用。

「對不起，是他們太沒腦袋了。我願意代替他們道歉，請妳原諒他們吧。」

「凱特小姐沒必要道歉……反正你們待在這裡也沒用，要不要乾脆直接出去算了？」

我說著指向出口後，兩名男子本來還一臉不滿，不過他們被凱特小姐一瞪，就有氣無力地離開了。

那兩個人真是有夠自私的。

嘴上一直跟我抱怨，卻完全不打算出錢，也不打算負擔任何責任。跟馬上就說願意付錢的凱特小姐完全相反。

「蘿蕾雅，妳去鎖好店門，窗簾也拉起來。」

「好。」

蘿蕾雅動作迅速地鎖好門，拉起窗簾。

我接著用魔法在變得有點昏暗的店內製造燈光，並用刀子切開艾莉絲小姐的衣服，拿掉裹著腹部的布。

「這是爪痕嗎？」

「對，是一種很像熊，可是有四條手臂的野獸的爪痕。牠還會噴火……」

「四條手臂、有毒、噴火……是地獄焰灰熊嗎？」

只是我記得應該不會在這附近遇到牠才對。

我在感到疑惑的同時，也沒有停下清洗腹部傷口的手。

不知道是不是體力有恢復了一點，艾莉絲小姐開始會在每次碰到傷口的時候有微弱的反應。

「她的傷勢真的很嚴重。看來只能再用一瓶了。」

一開始用來讓傷口自己癒合的鍊藥照理說已經讓傷勢改善不少了，卻還是沒有完全癒合。她本來的傷口是不是大到幾乎整個腹部都被挖空了……？

我拿出只比一開始那一瓶稍微便宜一點的昂貴鍊藥，淋到傷口上。

「這樣會消耗她的體力，我其實不是很想多用這一瓶就是了。」

鍊藥雖然擁有相當強力的效果，卻也不是可以無止盡地併用。

一次使用很多種效果很強的鍊藥，其實是非常危險的做法。

甚至有可能因為不同藥水的效果相互干涉，產生出乎意料的副作用。
可是在這種不用就會喪命的情況，還是不得不這麼做。
我最多只能盡量調整藥效，把副作用壓到最小。
我淋好治療外傷的鍊藥以後，再接著讓艾莉絲小姐一次一小口地慢慢喝下恢復體力的鍊藥。
隨後艾莉絲小姐身上的疹子就慢慢消退，臉色也逐漸不再蒼白。
凱特小姐大概是看她情況好轉，也終於放下心中的大石鬆了口氣。然後馬上低頭向我道歉。
「他們兩個好像是外行人。是不是害妳覺得不愉快了？」
「不會，我自己也知道一般人本來就會認為鍊藥太貴。」
我搖頭否認看起來很過意不去的凱特小姐提出的疑問。
我是很生氣沒錯，但是鍊金術師販賣的商品的確非常昂貴，也帶有高額利潤。
不過，我也不能隨便降價。
就像我剛才說的，有人賣得特別便宜，會導致客人集中在一個地方，讓其他鍊金術師也要承擔非降價不可的壓力。
要是降價降得太誇張，利潤變低，就會讓人不想不惜吃苦也要成為鍊金術師。
想培育出更多鍊金術師的國家並不會允許這種事情發生，當然，擅自降價的那名鍊金術師也一定不會有好下場。

再說，鍊金術要用的材料基本上都很昂貴。
畢竟材料都是採集家冒險採來的，不可能會便宜。
如果不貴，採集家就不會有動力去採，鍊金術師也會收購不到材料。
而且其實也只是「商品本身的利潤很高」，要是把鍊製失敗損失的材料也算進去，實質利潤並不算太高。
考慮到不會全部賣完跟庫存的問題，大概要七八成的成功率才能勉強達到收支平衡。
假如是要用昂貴材料鍊製難度很高的鍊器，就一定要先準備好鉅額存款，否則就會因為一次鍊製失敗直接破產。
所以愈是做事嚴謹的鍊金術師，就愈會嚴格控管金錢方面的事項。
只是說來遺憾，一般人很難理解鍊金術師的苦衷。
連我自己也是一直到進學校就讀之前，都還以為「鍊金術師就是一種超賺錢的職業！」
反正沒多少人會算數，跟他們講利潤的問題也是聽不懂。
「他們不是跟妳們同個團隊的嗎？」
「我們今天才認識那兩個人。我跟艾莉絲是一起的，這次是我們第一次挑戰大樹海，才會找自稱已經對大樹海很熟的他們組隊……結果他們從頭到尾都只會礙手礙腳。」
「蘿蕾雅，妳有看過那兩個男的嗎？」

「沒有，我第一次看到他們。大概是新來的吧。」

「我想也是。」

我也沒看過他們。

沒有半個會進去大樹海的採集家不曾來過我店裡，說「對大樹海很熟」想必是騙人的吧。

至少一定不曾從這個村子進去大樹海。

「他們果然沒什麼經驗嗎？」

「至少不是資深的。妳們一時倒楣挑錯夥伴了。」

「唉……早該在發現他們手腳像個外行人的時候先折返了。」

凱特小姐手摀著額頭，大口嘆氣。

「不過，他們沒有直接拋下妳們自己逃走，可能就算不錯了。」

我在跟凱特小姐聊著這些的時候，也讓艾莉絲小姐喝完了用來恢復體力的鍊藥，便接著拿出預防疾病的鍊藥。

這一瓶可以一次喝完，於是我再次嘴對嘴讓她喝下去，結束之後再簡單擦拭過嘴邊。

艾莉絲小姐的傷口是癒合了，可是血液量大概還是不夠，臉色依然很蒼白。

不過原本布滿全身的疹子都已經消退，呼吸也緩和了不少。

脈搏……應該勉強算在正常範圍？

她剩下的魔力有點少，但不會有大問題。

我用魔法簡單檢查她的身體狀況，在確定沒有異狀之後鬆了口氣。

「呼……這樣應該暫時是沒問題了。」

「謝謝妳！我本來真的以為救不回來了……」

幾乎要哭出來的凱特小姐帶著滿面笑容握起我的手，而我也回給她一個微笑。

我雖然有實習課的經驗，卻也是第一次看到傷勢嚴重成這樣的人。

但是我依然堅守「負責醫治的人不可以表現得很著急或不安」的原則，拚死命故作鎮定。

——我應該沒表現出來吧？一定沒有。嗯，沒問題。

「總之，先幫她把身體擦乾淨，讓她躺著休息吧。妳有衣服可以給她換嗎？」

「呃，放在旅店裡……」

「那，請妳回旅店拿過來。不介意的話要不要跟她一起在這裡過夜？我還有空房間。」

「可以嗎？其實我也想多省點錢來還治療費，實在非常感激，但太麻煩妳了。」

「嗯。同時我也想再觀察艾莉絲小姐的情況一陣子，以防萬一。」

我認為是不會有生命危險了，只是還有副作用的問題。

讓她留在我視線所及的地方會比較放心。

「那我了解了，我去拿行李過來！」

話一說完，凱特小姐就飛奔出店外。

我在她打開店門的時候瞥到了在外面等的那兩名男子。凱特小姐完全沒有理會他們，我也不希望他們闖進來，便再次把門關好。

「蘿蕾雅，可以幫我洗這個桶子嗎？」

「好。」

我在蘿蕾雅回來之前，先幫艾莉絲小姐脫掉全身衣物。

順便檢查看看她身上還有沒有其他傷口。

一般的傷口只要用鍊藥就能癒合，不過如果有毒針之類的東西殘留，那附近就得不到解毒藥的治療效果，所以必須仔細注意。

畢竟那樣會變成都特地喝藥解毒了，又會染上毒針釋放出來的新毒素。

地獄焰灰熊有毒的部分是爪子，應該是不會留在皮膚上，可是還是需要檢查。

「……嗯。沒問題。是說，她的身材還滿不錯的耶。」

剛才沒有多餘心力去注意，現在看看就發現她長得很漂亮。

而且她是採集家，全身上下的肌肉都很緊實。五官也很端正。

現在沾著血的黑髮也很有光澤。

這麼說來，凱特小姐也長得滿好看的。

——剛才那些男的絕對是看上她們的容貌，才會跑去搭訕。

「珊樂莎小姐，我洗好了。」

「謝謝。把它放在這邊。」

我把用魔法產生的熱水裝進桶子裡。

隨後用這桶熱水把布沾濕，幫艾莉絲小姐擦拭全身。

其實我本來想直接帶她去浴室，可是她還滿高大的。

我是可以用體能強化扛起她，然而沒有其他方法可以彌補體格差距。

所以在她可以自己走動之前就只能先用布擦一擦了。

我盡可能把她沾血的頭髮擦乾淨，帶她躺到二樓的床上。

「呼，蘿蕾雅，謝謝妳幫忙。」

「不會。而且我也只能幫上一點小忙……」

蘿蕾雅微微壓低視線，臉色看起來還是有點不太好。

仔細想想，一般根本沒什麼機會看到那麼嚴重的傷勢。

可是她卻沒有愣在原地，也沒有驚慌失措。光是她還有辦法幫我的忙就很值得讚賞了。真是超厲害的。

「那樣的傷勢對妳來說應該有點太嚇人了吧？」

「是啊，真的嚇了我一跳——而且原來鍊金術師也有辦法治療傷患啊。」

「畢竟有時候也會有人找鍊金術師求醫。實習課也會學到怎麼治療外傷。只不過我也是第一次看到那麼嚴重的。」

「是嗎？可是我看妳很冷靜耶。」

蘿蕾雅的疑問讓我露出了苦笑。

既然連蘿蕾雅都覺得我看起來很冷靜，那我應該是沒有把慌張表露在外。

「其實我也很緊張——話說，幸好凱特小姐說她願意付錢。畢竟我也不想見死不救。」

「……如果凱特小姐說她不付錢，珊樂莎小姐就不會幫忙治療了嗎？」

蘿蕾雅一邊觀察我的臉色，一邊問出口的這句話，讓我一瞬間想不到該怎麼回應。

「——妳這個問題滿難回答的。只是，我們鍊金術師必須遵守這個原則。這也是為了幫助更多人。」

當下成功救了一個人，卻摧毀了鍊金術師跟採集家之間的利益平衡，反而會讓更多人受害。

所以有時候也不得不選擇「明明有方法替人治療，卻不幫忙救治」。只要那個治療的「方法」不是取之不盡，就無法避免這種情況。

「是不是讓妳對鍊金術師幻滅了？」

我對稍稍陷入沉思的蘿蕾雅這麼說。

我不打算改變方針，而且也無法擅自改變。但是我希望蘿蕾雅可以明白鍊金術師做事的原則。這也是長期合作上不可或缺的一環。

不過，蘿蕾雅卻是一反我的不安，直接搖頭否認我的疑問，點頭同意我的說法。

「啊，不會。我能理解珊樂莎小姐為什麼這麼說。我也一樣認為『因為人命關天就要無償救人』只是一種藉口。我反倒很佩服珊樂莎小姐可以只有口頭約定就願意用那麼珍貴的鍊藥……應該很貴吧？」

「咦？啊，嗯。很貴啊。用妳的薪水來算的話……大概要辛苦工作十年才買得起吧？」

實際上把她十年份的薪水加起來，都還不夠買材料就是了。

「我想也是。可是妳把那麼昂貴的鍊藥用在第一次見面的人身上……都不怕對方不付錢嗎？」

「唔～如果是那兩個男的，我可能就不會用了吧？可是我感覺凱特小姐應該可以信任。」

這純粹是我的直覺。

畢竟她可以為了救活艾莉絲小姐馬上答應會支付治療費用。

想必艾莉絲小姐在凱特小姐心目中占了不小的地位吧。

「總之，要是她真的不肯付錢，那也只不過是我沒眼光罷了。」

我對蘿蕾雅這麼說完，就自己笑了出來。

艾莉絲小姐在隔天下午清醒過來。
雖然有用到恢復體力的鍊藥，也還是比我預料的快。
照理說那麼嚴重的傷口癒合之後，應該還會再多睡幾天……是她原本就體力過人嗎？因為我是用一般人的標準推測的。
而且在治療的時候也有看到她身體鍛鍊得很結實。
「店長閣下，很抱歉這次給妳添了這麼大的麻煩。非常感謝妳願意出手相助。」
艾莉絲小姐在凱特小姐的攙扶之下從二樓走下一樓，一坐到我面前，就立刻深深低下頭道歉跟道謝。
她的一舉一動都很優雅，說不定家世背景很好。
「妳用不著放在心上。畢竟我不是免費幫妳治療。而且凱特小姐也願意支付治療費用。」
我說著看向凱特小姐，她也點了點頭，明確表示肯定。
艾莉絲小姐看到她這樣的反應，連忙喊道：
「啊，不，治療費由我來付吧——」
「是我拜託店長小姐幫妳治療的。這筆債應該要算在我身上。」
「可是受傷的人是我。」

「妳會受傷是因為要保護我們不是嗎？」

「但是——」

她們兩個就這麼為該由誰來付錢爭論不休。

幸好她們都是主張「該由自己來付」，而不是把債務推給對方。

畢竟我也不希望都特地把人救活了，還要看她們吵架。

不過，她們一直爭論不出結果會讓我有點困擾，而且也不需要一個人扛下所有債務。

「先聽我說！」

我拍了拍手，打斷她們的談話（？）。

她們大概是聽到我拍手的聲響才想起現在是什麼情況，一起往我的方向看過來，彼此臉上都寫著尷尬。

「啊，抱歉，店長閣下。」

「對不起，店長小姐。」

我對低頭道歉的兩人搖搖頭，提出一個主意。

「我是受到凱特小姐的委託進行治療，所以我會跟凱特小姐收取費用。不過，我比較建議兩位一起湊錢還清費用。妳們應該也知道治療費不便宜吧？」

「知道。老實說，我很不敢置信自己受那樣的重傷還活得下來。而且明明才過一天而已，接回去的手就已經可以活動自如了。」
艾莉絲小姐在聽我說完以後頻頻點頭，摸著已經可以正常活動的右手。
她右手的動作沒有任何異狀，看來是順利復原了。
我知道道理上不會有問題，不過，親眼看到她的手恢復得不錯，還是會覺得比較安心。
「我在旁邊看也是覺得很難以置信！沒想到這種鄉下地方的鍊金術店會有那麼厲害的鍊藥！
——啊，對……對不起，店長小姐。」
凱特小姐連忙為自己詆毀這座村莊的發言道歉，而我跟蘿蕾雅只有為這個其實也無法否認的事實苦笑。
「不會，其實我也覺得這裡是鄉下地方。順帶一提，我已經沒有那種鍊藥了，要是再受那樣的重傷，我也救不了了喔。」
「我想也是。如果妳說那種等級的鍊藥妳還有好幾瓶，我才真的會覺得驚訝。」
其實我是還有比那種藥更高級，根本就捨不得用的鍊藥啦。
當然那瓶藥的材料也是來自師父送我的餞別禮。
說真的，拿那些天價材料去鍊製的時候，我手都差點顫抖起來了。
只是材料留著也沒有意義，再加上我一個徒弟不好好利用師父的禮物，會覺得很過意不去。
「對了……那種藥要多少錢？」

凱特小姐跟艾莉絲小姐神色緊張地看著我。我雖然有點猶豫，但還是老實告訴她們我用的鍊藥值多少錢。

「這個嘛……一般會把醫治行為也算進治療費裡，這部分就不跟妳們收錢，只算鍊藥的話大概──」

我說出來的金額不只讓凱特小姐跟艾莉絲小姐啞口無言，連在旁邊聽的蘿蕾雅也訝異得說不出話來。

而且艾莉絲小姐的氣色好不容易好轉了，聽完金額又稍稍惡化了一點。

「原……原來如此。的……的確是要很努力賺錢才還得清，嗯。」

「是……是啊。我們一起賺錢還治療費吧，艾莉絲。」

剛才還在爭由誰還錢的兩人瞬間面面相覷，並握起對方的手，微微顫抖著對彼此點點頭。

該說真是一段美麗的友情嗎？

其實我有給很大的折扣了。正常的價錢會比我剛才講的更高。

「假如『只是被劍砍斷手』這種，是還可以用便宜一點的鍊藥治療……可是妳腹部的傷口滿嚴重的。」

「啊，不，店長閣下，我們並不是對妳提的價格有意見。妳把受重傷的我治療到完好如初，我感謝妳都來不及了。」

「是啊。我當時雖然有想辦法把斷臂撿回來，可是也沒有想到真的可以再接上去。」

「這部分也得要感謝妳。虧妳在那麼危險的情況下還有辦法幫我撿回來。」

啊，我也這麼覺得。

明明當下應該是非常危險的狀況，她竟然還有餘力去撿斷臂。

「我曾聽說人體殘缺的部位不可能再重新長回來。所以我那時候一心只想著我如果有帶斷臂回來，搞不好還有機會……畢竟我也不希望艾莉絲失去這條手臂。」

凱特小姐在這麼說的同時輕撫著艾莉絲小姐的手臂，彷彿在確認她曾經斷掉的手真的還在。

艾莉絲小姐也把手放上凱特小姐碰著自己的手，再次開口向她道謝。

嗯、嗯，真是一段美麗的友情！

朋友很少的我都忍不住有點羨慕起來了。

「那個，珊樂莎小姐，整條手臂都沒了，真的就沒辦法再長出來了嗎？」

喔，也難怪蘿蕾雅會在意這個。

畢竟一般人會認為鍊金術無所不能嘛。

比以前一直都只是一般村民的蘿蕾雅擁有更多知識的艾莉絲小姐跟凱特小姐露出苦笑，臉上浮現像是想要回答「不可能」的表情。雖然她們一臉覺得不可能，不過……

「不，其實可以。」

「「咦！」」

我毫不遲疑地回答蘿蕾雅的提問之後，反倒是艾莉絲小姐她們發出驚呼，直盯著我的臉看。

我是能理解她們的心情啦。

「不過，要說『基本上不可能』倒也沒錯。不只負責治療的人要有我師父那樣的技術——不，應該不至於，但也至少要高階的鍊金術師，還有昂貴的材料，所以一定會比這次我報價的金額還要高上好幾倍。這在一般人眼裡就等於『不可能』，對吧？」

原本顯露驚訝神情的艾莉絲小姐聽完我這麼說，也點頭表示理解。

「那的確是不可能。光是這次的治療費如果是我要還，就一輩子都還不清了。」

「庶民的情況應該就是那樣沒錯？」

畢竟庶民再怎麼湊都湊不齊這麼多錢，也無法跟人借錢來還。

甚至去賣身都不可能還得完。

一般的職業努力工作到死都存不到這個金額。

所以庶民即使有機會得知有可以讓身體殘缺的部位重新長出來的方法，也會選擇「放棄」。

就算覺得他們可憐，也無法改變這些鍊藥需要珍貴材料的事實，而且要弄到這些材料，就得要有人——說穿了就是採集家需要冒生命危險去採集。

當然也不可能只說一句「我覺得你這樣太可憐了，就免費幫我工作吧」，對方就會乖乖為債主盡心盡力。

「果然。雖然也是不意外啦……」

「別擔心，妳畢竟是我的店員，萬一真的出事了，我一定會救妳。」

「……治療費呢？」

「從妳的薪水裡扣。」

「那我不就要當一輩子的免費勞工了！」

「放心吧，我會給妳員工優惠價。」

「我覺得不會便宜到給點折扣就能還得起……」

蘿蕾雅說著嘆了口氣，我也不禁露出苦笑。

也是啦。一般人應該不太可能還得起。

不過，蘿蕾雅如果能像師父店裡的瑪莉亞小姐一樣厲害，大概就有能力還了。

所以我很希望她可以努力達到那個境界。而且我也不想看到蘿蕾雅離開。

「我一定會把妳治療得完好如初，儘管放心吧。」

「唔唔……我真不知道該不該覺得開心……」

「呵呵呵……」

她的意思是雖然很高興可以保住性命，可是不想過著背債生活嗎？

沒問題，到時候我不會把妳的薪水全部扣掉。

要不把妳逼太緊，也不能讓妳太好過，才有辦法收完所有欠款不是嗎？

——我開玩笑的。

「那……那個，店長閣下，我們該多久還一次欠的治療費？」

艾莉絲小姐不知道是不是被我的笑容嚇到覺得有點不安，戰戰兢兢地舉手提問。

「這部分就要再討論過了。我也不知道妳們的實力在什麼水準。」

「我本來以為我們算高手了——可是……」

「畢竟我才剛受重傷被帶來這裡治療，這話也沒說服力。但我會坦然承擔這筆債務。」

艾莉絲小姐神情有些僵硬地表達決心。

既然她們會打算進去大樹海，就表示應該是對自己的實力很有自信才會來這個村子，可是卻一開始就受重傷，也難怪會有點失去自信……雖然我覺得也是她們有點太倒楣。

「反正我不會逼妳們要早早還清，還請放心。」

「這……這樣啊。抱歉，給妳添麻煩了。」

在艾莉絲小姐鬆了口氣的同時，我聽見了「咕嚕嚕嚕嚕～」的聲響。

隨後艾莉絲小姐的臉就馬上變得通紅。

「……啊，妳應該很餓吧。」

「啊，沒有，那個……」

「要不要吃點什麼？雖然我這邊只有買來存放的糧食。」

「這……這樣就真的太過意不去了！」

「對啊！光是願意讓我們暫時借住就已經欠妳很大的人情了……我們會去外面吃。」

「可是妳們要省錢不是嗎？反正我能提供的也不是什麼高級的東西，不需要客氣。」

「真的可以嗎……？」

「嗯。蘿蕾雅，就麻煩妳準備了。還有……」

我目送前往廚房的蘿蕾雅離開後，再回頭看往艾莉絲小姐跟凱特小姐，觀察她們全身上下。

呃……嗯，有點髒。

「艾莉絲小姐……不對，凱特小姐也是，請妳們在用餐之前先到浴室洗澡。」

「不，妳都幫我們這麼多了，怎麼能再借浴室洗澡……」

「妳們現在是借住我這裡的客人，不用客氣——不對，我反倒希望妳們絕對要先洗過澡。我不喜歡環境不衛生。」

「唔……我有那麼髒嗎？」

我直截了當的話語似乎讓艾莉絲小姐有點受傷，眼眶微微泛淚。

不過，我不會心軟。而且鍊金術本來就必須嚴防髒汙。

「雖然有幫妳擦過身體，但還是很難說得上乾淨。」

「呃！該不會是妳幫我擦身體的吧……？」

「是我沒錯。因為妳身上有沾到髒汙，我才脫掉妳全身的衣服，把身體擦過一遍。」

「不……不是凱特幫我擦的？」

艾莉絲小姐露出像是在求救的視線，凱特小姐則是搖頭否認。

「我只有幫妳穿睡衣而已。我去看妳時，妳已經一絲不掛地躺在床上，只蓋一件被子了。」

「唔唔……」

她是因為被別人看到裸體才反應這麼大嗎？

艾莉絲小姐垂下肩膀，顯得很沮喪。

明明也不是被男人看到啊？

我先不理會沮喪的艾莉絲小姐，到浴室準備洗澡水。我用魔法迅速處理好之後，回來發現不知道是不是凱特小姐有對艾莉絲小姐說什麼，她已經振作起來了。

「我處理好洗澡水了，請兩位先進去清洗一下。」

「抱歉給妳添麻煩了……昨天還勞煩妳幫我擦身體。」

「畢竟鍊金術師也很類似醫生，本來就會照顧病人跟傷患。妳不需要放在心上。」

「我知道，只是……」

艾莉絲小姐如此說的同時露出苦笑。
意思是雖然知道這個道理，但是還是沒辦法避免覺得難為情是嗎？我也不是不能理解。
我自己一開始也是覺得被人看到一絲不掛的樣子很難為情。
不過，不久後就不會了。
因為鍊金術師培育學校的實習課不會輕鬆到讓人有餘力想這個。
學生會在課堂上面對讓人沒有餘裕考慮害不害羞的狀況，所以很快就不會再覺得難為情了。
我現在就算看到男人的裸體，也不會有什麼感覺——但當然僅限醫療行為的時候。
「艾莉絲，我們剛剛不是才說好不要把這件事放在心上了嗎？那，店長小姐，我們要跟妳借用一下浴室了。」
「好的。就麻煩妳們把身體洗乾淨了。」
我說著便目送凱特小姐跟被她攙扶著的艾莉絲小姐前往浴室。

「那，我可以打聽一下妳們遇到的野獸有什麼特徵嗎？」
所有人洗完澡、吃完午餐在休息的時候，我提出了這個疑問。
雖然大概猜得到凶手了，還是姑且問一下。
「喔，牠外表很像熊，但是有四條手臂。身高差不多比我高兩顆頭。體格很龐大。」

艾莉絲小姐站起身，用手比出熊大概有多高。

熊的高度比身高已經偏高的艾莉絲小姐還要高兩顆頭以上，寬有將近一公尺。

「牠的毛皮是紅的，嘴巴會噴火。艾莉絲拿劍砍下去都砍不出多少傷口，爪子也很堅硬，輕輕鬆鬆就把艾莉絲的劍彈開了。」

「啊！我的劍呢？」

艾莉絲小姐在聽到凱特小姐這段說明之後大聲喊道。凱特小姐有點尷尬地搖了搖頭。

「對不起，我當時沒有餘力連劍都撿回來。」

「——我想也是。唉……沒想到會弄丟那把劍……」

有一瞬間說不出話的艾莉絲小姐一臉沮喪，大大嘆出一口氣。

凱特小姐光是能在那麼危險的情況撿回手臂就夠厲害了。

不過，聽她們提到的特徵……果然是牠吧。

「聽妳們提到的特徵，再加上牠有毒，應該就是地獄焰灰熊沒錯了。妳們是在離村子多遠的地方遇到的？」

「記得沒有很遠……吧？」

艾莉絲小姐語氣有點疑惑，用眼神向凱特小姐詢問自己的想法是否正確。

凱特小姐在稍做思考之後點點頭。

「對。如果離很遠，艾莉絲就不會活下來了。我們用最快速度跑過來，應該也沒有花上二十分鐘。」

「那還滿近的……珊樂莎小姐，放著牠不管沒關係嗎？」

「唔……以魔物來說，牠是不算太強……」

我這句話讓艾莉絲小姐訝異得睜大雙眼。

「什麼！那樣還算沒有很強嗎？」

「對，以魔物來說是這樣沒錯。」

魔物、其他一般野獸。

雖然沒有明確的定義，不過一般會把獵人打不倒，而且會造成人類生命危險的生物統一分類為「魔物」。

簡單來說就是「只要夠強就算魔物」。

地獄焰灰熊也是一種魔物，而艾莉絲小姐比出的高度在這種魔物裡只算中等體型。

牠的強度是沒有到太誇張，對我來說是稱不上威脅。

「原來魔物這麼可怕……」

「妳們是第一次遇到魔物嗎？」

「對。我們本來對自己的實力還滿有自信的，可是……」

艾莉絲小姐跟凱特小姐回答我提問的同時，也顯露出有點洩氣的樣子。

不過，第一次遇到牠會覺得棘手，應該也不奇怪。

畢竟魔物也不是平白無故被視作「危險生物」。

「牠正常應該會棲息在更裡面的地方……要是跑進村子就不好了。」

「珊……珊樂莎小姐，我們該怎麼辦？牠應該不會跑過來吧？」

「不，應該也不是百分之百不會來……？」

「咦咦！」

其實我也很想安撫神色不安的蘿蕾雅，但我沒辦法說謊。

我老實說出自己的看法之後，蘿蕾雅的表情就著急了起來，明顯開始不知所措。

雖然蘿蕾雅沒有親眼看到地獄焰灰熊長什麼樣子，卻也有實際看到艾莉絲小姐因為牠所受的重傷。

連算很有實力的她也差點因為地獄焰灰熊喪命了，蘿蕾雅會這麼驚慌也是在所難免。

「這……這種情況應該可以拜託領主幫忙吧？」

「我也這麼認為，可是也不知道領主願不願意出手……」

現在的狀態是「知道森林裡有魔物」，受害的只有進去森林的採集家。而進去大樹海的採集家也都理解本來就會有遇襲的風險，所以就領主的角度來說，這種狀況並不算太大的問題。

由於出兵需要成本，領主並不會單純因為「可能會有危險」就協助處理。
有能力的領主會在村子受害之前著手應對。
普通的領主會在村民受害之後著手應對。
無能的領主就算看到村民受害也會置之不理。
但是少掉一個村莊會成為治理上的莫大汙點，有時候也可能被國王懲處，所以只有無能到難以置信的領主會放任整個村莊被魔物毀掉……
「這邊的領主治理能力怎麼樣？」
蘿蕾雅對我的提問搖搖頭。
看來蘿蕾雅這個年紀應該是還不清楚政治方面的事情。
不過，艾莉絲小姐回答了我的疑問。
「單論我自己的印象，應該是『有點偏無能的普通』。」
「怎麼會……」
艾莉絲小姐毫不留情的評語，讓蘿蕾雅神色凝重地低下頭來。
就我的角度來說，森林裡有魔物頂多是「受害者可能會是我認識的人」，可是就蘿蕾雅的角度來說，就會是「可能會有哪個熟人受害」……
說是這麼說，被害者是我認識的人的機率其實也不算低。

最有可能出事的就是獵人賈斯帕先生了。他常常進森林。

我自己也很不忍心對隔壁鄰居見死不救……

「好，那我去把牠弄成鍊金材料吧。」

「「「……咦？」」」

她們三個在聽到我這麼說之後發出驚呼，訝異得說不出話。

「不不不，店長小姐，那不是說要打倒牠就打得贏的魔物吧？」

凱特小姐忽然回神，慌張地揮著手提出質疑，臉上也浮現像是覺得哪可能這麼輕鬆的表情。只是她看到我面不改色的模樣，又變得一臉困惑。

而蘿蕾雅大概是沒有餘力多注意什麼，直接抓住我，感覺都要哭出來了。

「對啊！我是不希望有其他人……受傷，可是也不想看到珊樂莎小姐冒險啊！」

蘿蕾雅可能是覺得萬一地獄焰灰熊真的闖進村莊，就不是有人受傷那麼簡單了，途中一度有點講不出話來，但還是接著說會擔心我。

我是很高興她說會擔心我，可是她把事情想得這麼嚴重，我也是有點困擾。

「啊～其實也沒有危險到需要這麼擔心啦……」

「店長閣下……妳該不會其實很強吧？」

「我的實力完全比不上師父，要說自己很強是滿難為情的，不過要打倒一隻那種熊應該不成問題吧？」

我該煩惱的是要用什麼方法打死牠。

要用魔法也是可以，但反正我最近又開始訓練劍術了，就乾脆用劍打倒牠看看吧？

只是如果要保持鍊金材料的完整性，就得想想該用什麼手段打死牠。

刺穿心臟會浪費掉心臟這個材料；攻擊頭又會沒辦法取下完整的眼珠之類的材料。

攻擊可以大量出血的地方等牠失血過多而死也是比較能留下完整的鍊金材料，只是牠會一直掙扎到斷氣為止，導致牠的肉變得比較沒那麼好吃。

砍斷牠的脖子雖然可以快速放血，在短時間內致死，卻會降低毛皮的品質。

因為很難顧及所有條件，所以還是多少需要妥協。

——我解說完以後，三人的眼神就漸漸從驚訝轉變成傻眼。為什麼？

「嗯……原來鍊金術師很強的傳聞是真的嗎？」

「啊，沒有，這是要看當事人的能耐。也有些人在應用技巧上是勉強拿到及格分數而已。」

鍊金術師需要很精密的魔力操作技巧，所以每個鍊金術師都有過人的魔法實力，操作的技巧也會影響到攻擊魔法。

只是戰鬥的技術好不好就要看各人了。

畢竟學校幾乎不會教攻擊魔法。

雖然相對的有安排使用武器的課程，但是校方也不會花太多心力在這方面上，只要至少有能力保護自己，就能拿到學分。

差不多是僱用護衛去採集的時候不至於礙手礙腳的程度。

要不要鍛鍊到很專精就是交給學生自行決定，導致鍊金術師的戰鬥技術是強的人很強，弱的人很弱。

「我的話……嗯，在同屆裡算強的吧。」

「這……這樣啊……可是，讓店長閣下一個人去不好吧……」

「啊，我一個人去也沒辦法扛死掉的魔物回來，我還是會僱幾個人去幫忙抬啦。」

單論重量是可以用體能強化扛起來，只是體格差距就沒有方法可以彌補。

而且既然都要特地去狩獵了，把牠切成好幾段放進背包也很浪費。

「那……那我陪妳去！」

「咦？可是艾莉絲小姐還沒完全康復吧？」

「不！沒關係！幫忙扛東西這點小事不成問題。」

「呃……」

我有點困擾地用眼神向凱特小姐求助，凱特小姐點點頭，像是在表達有領會到我的意思。

太好了。畢竟帶剛從鬼門關回來的人去獵熊——

「交給我吧。我也會一起去。」
「咦咦！」
不對！我不是希望妳陪她去！
我是希望妳攔住她！
此時，蘿蕾雅對不知該如何是好的我提出疑問。
「可是，珊樂莎小姐。妳應該不會有事吧？萬一真的有危險……」
看蘿蕾雅顯得有點不安，我連忙對她保證絕對不會出事。
「當然不會有事！那種強度的熊對我來說是易如反掌，搞不好比彎起小指頭還要簡單！就算有拖油瓶在也不成問題！」
「……拖油瓶。」
「啊……」
我不小心說出口的這個詞，讓艾莉絲小姐瞬間一臉沮喪。
「啊～～店長小姐，我們是不是不要跟著去比較好？」
「啊，不，我也需要有人幫忙把熊抬回來……呃，艾莉絲小姐，請妳今天先好好休息吧。我們明天再出發去獵熊！到時候再麻煩妳幫忙了！好了，妳要趕快睡一睡，補充體力才行！」
「咦？咦？」

這種時候就一口氣把話題帶過去吧。
我催著沮喪的艾莉絲小姐去床上睡，模糊焦點。
接著我便背對露出苦笑的凱特小姐她們，開始處理明天這場狩獵的事前準備。

◇　◇　◇

「那，我們就出發去獵熊吧！賈斯帕先生，今天就麻煩你了。」
「好，包在我身上。畢竟這件事也不是跟我完全無關。」
要去獵熊的有我、凱特小姐、艾莉絲小姐，還有獵人賈斯帕先生。
會找賈斯帕先生來有一部分是因為鄰居會比較好開口拜託，但最主要是看好身為獵人的他追蹤獵物的能力。
要是找不到獵物在哪裡，那就算有能力打倒牠也沒用。
我在這方面上是大外行，加上艾莉絲小姐她們好像也不會這類技巧，才會找專業的來幫忙。
這個村子裡唯一的獵人賈斯帕先生一定能幫我們找到那隻熊。
「珊樂莎，我還是先問一下，妳有辦法打倒那隻熊，對吧？如果是一般的熊倒還好，可是魔物就不是我一個獵人應付得了的傢伙喔。」

「當然。我會自己一個人跟牠打。萬一有危險，還請你直接逃走。」
「我自己拔腿跑掉會被老婆大卸八塊啦！算我求妳，情況不妙的話一定要趕快逃喔。」
「哈哈哈……真的不會有事啦。」
賈斯帕先生家意外是妻子比較強勢。
畢竟耶爾茲女士看起來就很強悍嘛。
「那，凱特小姐，就麻煩妳帶路了。」
「好。嗯……往這邊。」
我先請凱特小姐帶我們到遇襲的地點。
她好像也不太記得正確的位置，不過他們逃跑的時候還有帶著艾莉絲小姐的斷臂，所以逃跑的路線上都有滴落地面的血跡。
這些血跡在身為獵人的賈斯帕先生眼中似乎是很好的路標，每次凱特小姐不知道該往哪裡走的時候，他都會從旁輔助。
就在我們離開村子差不多三十分鐘左右的時候。
「這裡！我們就是在這裡被熊攻擊的！」
就算是我這樣的外行人，都看得出這裡就是發生慘劇的現場。
折斷的樹枝、被踩爛的草、燒焦的痕跡，還有仍留在現場的漆黑血跡。

「珊樂莎……我看這傢伙很大隻喔。至少我絕對打不死牠。就算牠只是比較大隻一點的熊也一樣。」

在調查周遭樹上抓痕的賈斯帕先生露出有點傻眼的表情，搖了搖頭。

根據艾莉絲小姐的描述是說「熊比自己高兩顆頭」，但賈斯帕先生似乎認為熊一定比她目測的還要更巨大。

「反正我還是處理得來。問題是要用什麼方法打死牠——」

「找到了！是我的劍！」

這時候，原本一直像是在找什麼東西一樣不斷四處張望的艾莉絲小姐開心喊道，並從草叢裡撿起一把劍。

也對，她的劍好像沒有撿回來嘛。

「恭喜妳把劍找回來了。」

「啊，店長閣下……」

我一對開心把劍緊緊抱在懷裡的艾莉絲小姐這麼說，她就露出有點尷尬的神情，開始慌張地揮手否認。

「不……不是！我絕對不是覺得來幫忙把熊抬回去就可以很安全地順便把劍撿回來！我只是想要報答妳的恩情才會跟來！」

「咦?喔，其實也沒關係啦。畢竟妳沒有劍的話，也不能工作吧。」

我還以為她在慌張什麼，原來是這樣。

她也不需要覺得愧疚啊。

劍這種東西的價格很昂貴，並不是可以輕易買下的東西。所以我來這個村子的路上也沒有帶著劍。

尤其現在艾莉絲小姐她們扛著不少債務，弄丟一把劍應該是件很嚴重的大事。

畢竟我也不能把師父送我的劍借出去。

「不好意思，店長小姐，我也完全沒有想到她會想撿回來——艾莉絲，妳想撿這把劍的話，不先說一聲不是很不禮貌嗎?」

「唔……真的很抱歉，店長閣下。我無法否認當初說要幫忙搬熊回去的時候有想到可以順便撿劍。」

艾莉絲小姐神色尷尬，低頭對我道歉。凱特小姐也一同低下頭來。

「啊，不，妳們真的可以不用放在心上啦。我也很高興妳們有把劍找回來。」

「唔唔，店長閣下心地這麼善良，我卻……」

「不，妳真的不用太自責。」

我想辦法安撫表情沮喪的艾莉絲小姐，並拉回正題。

「賈斯帕先生，你找得出牠在哪裡嗎？」
「交給我吧。連這種大傢伙都找不出來，可沒資格當獵人啊。」
「太好了。那就麻煩你了。」
「好。」
我們在自信滿滿的賈斯帕先生帶領下，開始循跡找尋熊的所在地。
熊本來是要往我們來的方向走。
不過，牠相對很快就沒有再繼續追趕，而是轉往其他方向。
「這……是我們運氣好嗎？」
「是啊。尤其熊只要看上獵物，就會一直死纏爛打。我是不知道那個……是叫地獄焰灰熊嗎？是不是也有一樣的習性啦。」
「魔物其實很死纏爛打喔。因為牠們大多很好戰，會比一般的動物更容易攻擊人。」
普通的野生動物遇到人會先選擇逃跑。
除非牠真的餓昏了，不然只要走路的時候製造一些聲響，牠就會自己避開。
不過，被分類成魔物的生物就不一樣了。
有很多案例是魔物主動靠過來攻擊人。
雖然區分魔物跟動物的標準很模糊，但攻擊性或許算是很明確的差異。

當然魔物也不是看到誰都會攻擊，只是這方面的生態也還沒有被研究得很明白。
「總之，幸好地獄焰灰熊在途中死心了。如果牠跟著跑進村莊，可能會鬧出大事。」
「畢竟我們村子裡沒有人應付得來……除了珊樂莎以外。」
「資深的採集家應該也打得過……只是他們願不願意挺身保護村莊又是另一個問題了。」
「我……我願意啊。」
「不不不，艾莉絲小姐，妳不是前幾天才被打成重傷嗎？」
「這是心意的問題，至少我有這個心！」
先別說心意了，還是保命要緊。
我看她不會對臨時組隊還很礙手礙腳的兩個採集家見死不救，是有覺得她人真的很好啦，但就是有一點讓人擔心。
「這個方向……牠愈來愈靠近村子了。」
「嗯。幸好我們有來這一趟。」
熊的蹤跡並不是一直線，整體上卻也在逐漸接近村子。
要是放任牠不管，應該會有很高的機率闖進村子裡。
「嗯？這痕跡看起來很新。我們接下來必須走得小心點。」
「這樣啊。那我也……」

既然已經在附近了，那應該有可能感應得到？我用偵察魔法感應周遭的狀況。

「——啊，就是這個。我找到牠了。那，我先過去一趟。你們要跟過來也沒關係，只是被牠發現會比較麻煩……」

賈斯帕先生應該可以躲得很好，其他兩個人就很難說……

「妳一個人真的沒問題嗎？」

「沒問題。我看起來再柔弱，也還是個鍊金術師。」

「可是我活這麼久也從來沒有鍊金術師很強的印象……」

我懂賈斯帕先生的心情。可是強的人是真的很強。

尤其我的師父根本強到沒天理。

我猜她就算只用劍術，也一定比王國騎士還要強。

而我雖然遠遠比不上師父，但如果是不需要耗費大量精力的短時間戰鬥，我也有自信說自己很強。

我悄悄接近用偵察魔法找到的目標所在的方向。

賈斯帕先生他們也跟在我身後，並保持著一段距離。

攻擊的重點是要出其不意——這樣才能弄到品質好的材料。

看到了。

牠背對著我，用爪子在樹幹上留下抓痕。
「店長閣下，妳要怎麼打死牠？」
「單純要打死牠的話是有很多方法……不過這次要從頸部下手。」
「頸部？」
「對。弄斷牠的脖子可以留下最多材料。」
「咦……？」
「喝！」
我沒有多加理會艾莉絲小姐的疑惑，直接朝著熊的背部猛力一跳。
接著狠狠踢了一腳。
隨後就傳出沉悶的「啪喀」聲響。
地獄焰灰熊粗壯的脖子就這麼應聲折斷。
我踢倒牠龐大的身軀，降落在熊的背上。
地獄焰灰熊的身體往前撲倒在地，一動也不動。
「呼。」
「咦咦？唔咦咦？咦咦咦咦咦！」
「……什麼？」

「真不敢相信……」

大家輪流看著走下地面的我跟靜止不動的地獄焰灰熊，陷入一片混亂。

「我不是就說過易如反掌了嗎？」

「呃，店長閣下是這麼說沒錯，可是沒想到……妳……呃……怎麼會一瞬間就解決了？」

妳問我怎麼會一瞬間解決，我也不知道該回答什麼啊。

「我還以為珊樂莎小姐會用那把劍打倒牠。」

「我帶這把劍來只是要以防萬一。畢竟不用砍的才可以保留更多材料。」

而且我本來就是體術比劍術厲害。這也是因為我以前很窮。

用武器會無法避免磨損，還要花錢保養它。

所以魔法跟體術就很能節省開銷。

甚至根本不需要花錢。只需要消耗自己的體力跟精神力就好！超環保！

總之，也因為這樣，我在實習的時候基本上都是用體術打倒目標。

而且這樣不會讓毛皮受損。

順帶一提，教我體術的是學校的劍術老師。

學校雖然不會考體術，但是那個老師好像也曾經是孤兒，就很同情有一樣遭遇的我，才會很用心地教導我。

「那我們馬上來處理鍊金材料吧。而且趁新鮮的時候弄比較可以弄到品質好的……嗯，火焰袋也很飽滿。」

火焰袋是地獄焰灰熊這種會噴火的魔物身上會有的器官，裡面裝滿了液體。

要弄到品質好的火焰袋有個必要條件，也就是要一瞬間打倒牠。

如果讓牠有空檔噴火，搞不好會在好不容易打倒牠之後才發現火焰袋裡早就空空如也。

牠前幾天跟艾莉絲小姐他們交戰的時候，大概沒有消耗太多吧。

「哦，珊樂莎，妳手腳滿俐落的嘛。」

「畢竟我在這方面上是專業的。沒有好的肢解技術，可就沒資格自稱鍊金術師了。」

我很有自信至少肢解魔物的技巧絕對不會輸給賈斯帕先生。

「唔唔……我打得那麼辛苦的敵人竟然輕輕鬆鬆地就被變成材料了……」

我在表情好像有點複雜的艾莉絲小姐觀望之下，繼續摘取熊身上的材料。

平時很難有機會弄到這麼新鮮的材料，應該很有可能賣到好價錢。

其中一半的材料該送給師父，還是拿去南斯托拉格賣呢……

「好，最後是牠的眼球。剩下的等帶回去再處理也沒關係。」

「已經都處理好了嗎？珊樂莎小姐動作真的好快。」

「鍊金的材料愈新鮮愈有價值嘛……咦！這個該不會是……」

地獄焰灰熊的眼球一般是白的。

可是，我摘下來的眼球卻是整顆都呈現血紅色。

「地獄焰灰熊狂襲？」

「對，非常有可能是這種現象。」

——地獄焰灰熊狂襲。

意指地獄焰灰熊成群結隊地攻擊附近村莊或是城鎮。

目前對這種現象的成因存在許多假設，而最有可能的就是「缺乏火焰石」。

火焰石正如其名，是一種帶有火焰之力的石頭，在這附近的產地位於大樹海深處某些山區的山腰上。

地獄焰灰熊喜歡吃這種石頭，如果因為某些原因造成火焰石的數量不夠，牠們就會像失去理性一樣四處搞破壞。

而牠們的眼球變成血紅色就是這種現象的前兆。

這次被我打死的熊比較類似是來偵察的，過一陣子就會看到牠們的主群體出現。

聽說少一點大約會有十隻，多一點可能超過一百隻。

「怎……怎麼會……」

村長在聽完我解釋之後訝異得啞口無言。

我們在那之後急忙趕回村子裡，到村長家說明狂襲的問題。

如果只來一兩隻，也就是讓牠們變成我的存款而已，但我實在無法一個人應付「狂襲」。不是我在說，我體力真的弱到沒有辦法長期戰鬥。

「這……這下該怎麼辦才好……賈斯帕，你有辦法打倒牠們嗎？」

「我連一隻都打不死。可是請領主幫忙，應該也來不及趕上——」

「那些熊最快明天，最慢也是六天之內會來。」

「不行！光是通知領主都要花更多時間了……而且也不知道領主願不願意出兵。」

村長臉色鐵青地抱頭苦惱。耶爾茲女士曾說村長的工作頂多只有收收稅金，他大概不習慣面對這種危急情況吧。

反而不論從外表還是冷靜沉著的程度來看，都是賈斯帕先生比他可靠多了。

「珊樂莎，妳有辦法對付牠們嗎？」

「賈斯帕先生，雖然我剛才輕輕鬆鬆就打倒了一隻，可是那是因為我偷襲牠，才能馬上解決。」

這等於是把掐死一隻羊跟被十隻羊衝撞相提並論。

兩者根本無從比較。

「我當然也會盡可能幫忙……村子裡還有誰有能力戰鬥嗎？」

「老實說，就只有賈斯帕而已。其他人大概都幫不上忙。」

「是啊，畢竟大多數人都是普通的農民而已。」

「他們應該還是有辦法幫忙丟石頭或灑水，不過，看來還是只能找採集家來當戰力了。」

「可是，我們村子沒有錢可以支付報酬……」

村長困擾地說完這句話沒多久，跟我們一起來的艾莉絲小姐她們就立刻回答：

「雖……雖然我能做的不多，但我也會幫忙！」

「我也會盡力幫忙。」

「喔喔，太好了。說不定還有其他老面孔的採集家願意幫忙……」

「報酬部分只要能打倒地獄焰灰熊，弄到牠們的材料就有辦法支付了。到時候我會收購那些材料，就用這個條件僱用人手吧。」

採集家並不是傭兵，但畢竟是他們長期滯留的村莊出事，若有報酬可以領應該是願意幫忙。

問題是要資深的採集家才有辦法殺死地獄焰灰熊。安德烈先生他們那種等級的大概沒問題。

「可是，那樣還是沒有足夠人手保護好整個村子吧？」

「對。不過，還是有方法可以應對。」

其實我也只在書上看過，不過好像多少可以利用蘊藏火焰魔力的魔晶石吸引喜歡火焰石的地獄焰灰熊。

既然沒辦法保護整個村子，就只能把敵人引到同一個地方了。

「可以蓋圍欄引誘牠們聚集到裡面，再一鼓作氣打倒牠們。沒有辦法戰鬥的人也可以幫忙站崗或處理一些事前準備，這樣應該……有機會度過這次危機。」

就算沒辦法吸引到所有的熊，應該也總比被牠們兵分好幾路闖進來好。沒有被吸引到的熊只能請負責游擊的人幫忙處理了。

「當然，要不要這麼做的決定權還是在村長身上，我認為也是可以選擇大家一起到別的地方避難……」

「我們不可能找地方避難。村子裡大多是農民，沒了農地根本活不下去。可是也沒辦法期待我們這裡的領主提供支援……」

「因為我們這裡的領主很無能嘛。」

相對於嘆了口氣的村長，賈斯帕先生倒是說得非常直白。

可是，一般領主知道村子可能被滅村，應該都會提供支援才對……啊，不過，說的也是。手段極端一點的話，在村子裡的不是同一批村民也沒關係。

從其他地方帶新一批人進去人去樓空的村子，也是一種方法。

要是再順便徵收土地使用費，就會讓領主荷包賺滿滿……

「不過，珊樂莎，妳來這個村子還不算太久，應該不需要堅持留在這裡吧？」

「唔～因為我實在不忍心拋下朋友自己離開啊。」

蘿蕾雅是我為數不多的朋友之一，而且耶爾茲女士他們一直以來也很照顧我。

如果完全沒有解決狂襲的方法可能還會考慮離開，但只要還有機會解決，我就不打算逃走。

「謝謝妳。珊樂莎會在這個時期來我們村莊，想必是神的指引吧。」

「抱歉，我們真的欠妳一份人情。我也對這個村子有感情了，除非不得已，不然我也不想拋下這裡。」

「不會，我也只能盡力而為而已。我們也先別說這個了，還是來詳細討論應對方針吧。」

之後，我們討論了好一陣子，講好要做圍欄的範圍、交戰區域跟吸引熊的方法之類的詳細計畫。

我本來就在學校有學到相關知識，也幸好艾莉絲小姐跟凱特小姐在這方面的知識意外豐富，讓我們這段討論可說是順暢無比。

「珊樂莎小姐，有什麼我可以幫得上忙的嗎？」

「我想想……那，妳可以去院子裡摘藥草回來清洗一下嗎？」

「知道了！」

我目送回答完就立刻走到室外的蘿蕾雅離開，就開始著手製造含有火焰魔力的魔晶石。

說是魔晶石，也沒必要做到像製造鍊器的時候需要的高純度魔晶石，所以我只是把魔晶石碎片弄碎，再灌注魔力進去。

不過，吸引熊過去圍欄會需要在很大的範圍內灑魔晶石，要準備的量很多。

「萬一失敗了，會虧不少錢啊……」

會用到的魔晶石碎片跟我提供的鍊藥的費用已經說好會用地獄焰灰熊屍體上拿下來的材料支付給我，可是前提是要成功解決狂襲的問題。

假如沒有成功解決，落得必須逃離這個村子的下場，我應該就得回王都到師父的店裡工作了。我想極力避免變成那樣。

順帶一提，我有告訴蘿蕾雅整件事的詳情。畢竟她終究還是會知道。

她雖然有一段時間愣得說不出話來，卻也很快就回神嘗試盡力幫忙，實在是不得不佩服她。

至於艾莉絲小姐跟凱特小姐，則是麻煩她們幫忙建造圍欄。現在需要在讓地獄焰灰熊聚集的地方蓋好牢固的圍欄，還要在村子周遭面向森林的方向蓋簡單的圍欄。

能蓋好多大範圍的圍欄要看牠們什麼時候過來而定，但看看幫我家蓋圍牆的蓋貝爾克先生跟幫手們俐落的工法，應該也不需要太過悲觀。

至少交戰區的圍欄夠堅固就有辦法打倒牠們……應該可以吧？

不對，不行不行。不可以太悲觀。
要抱著一定能打贏牠們的心應對才行。
我用更大的力氣揮動敲開魔晶石碎片的槌子，甩掉浮現腦海的懦弱想法。

◇　◇　◇

「抱歉，店長閣下，情況變得不太妙了。」
開始著手地獄焰灰熊對策的第二天。
艾莉絲小姐回來我家的時候，也帶來了這樣的壞消息。
「採集家幾乎都離開了。」
「……咦？」
我問了她詳情，才知道最近來這個村子的大多數採集家跟一部分已經待很久的採集家都像是落荒而逃一樣接連離開。
不對，應該就是真的逃跑了。因為聽說有大批地獄焰灰熊會來。
「好像是之前跟我們同行的那兩個人在到處宣揚地獄焰灰熊有多可怕……」
昨天村長告知大家最近會有地獄焰灰熊狂襲，並向採集家們尋求協助。

那兩個人好像當晚就在旅店的餐廳裡用有點加油添醋的說法，宣傳自己遇到那種熊的經驗。

多數採集家在聽完他們的描述之後心生畏懼，今天一大早就離開了村子。

沒有完全聽信他們說法的採集家有找艾莉絲小姐她們詢問真相，而大部分發現地獄焰灰熊的確很危險的採集家也一樣選擇逃離村莊。

「畢竟保命要緊，我是不怪他們逃走……但這樣可能人手不太夠。」

艾莉絲小姐差點失去一條手臂是事實，她也無法否認這種魔物的危險性。

「抱歉。要是我沒有受重傷，就不會這樣了！」

皺起眉頭的艾莉絲小姐不甘心地緊緊握拳，不過我認為她太過自責了。

「不，這不是艾莉絲小姐的錯。不如說，要是妳們沒有遇到地獄焰灰熊，村子搞不好會在毫無準備的情況下受到牠們攻擊，所以光是還有時間做事前準備已經很不錯了。」

「對啊！而且妳們明明不是我們村子裡的人，還願意幫我們的忙。」

「妳們願意這麼說，我心情也比較沒那麼沉重了……」

我跟蘿蕾雅說的這番話，讓艾莉絲小姐表情中透露出一絲欣慰。

「可是，店長小姐，沒有採集家幫忙的話，還有辦法應付嗎？」

「是會變得有點忙，但還是有辦法應付……應該吧。」

我沒什麼把握的語氣，讓蘿蕾雅她們顯得有點不安。

畢竟這真的不是單靠我一個人就處理得來的事情。

而且我也沒自信可以在戰鬥中撐太久……看來我可能該多做點用來恢復體力的鍊藥了。

◇ ◇ ◇

通知地獄焰灰熊靠近的笛聲在我們開始做事前準備的第四天響起。

我一聽到笛聲就立刻拿起劍，跑向外頭。

「珊樂莎小姐！我——」

「蘿蕾雅妳去二樓避難！有看到地獄焰灰熊靠近這裡的話，記得吹笛子喔！」

「了解！」

因為採集家的人數比預期的少，我把一些笛子發給村民，要他們在看到有地獄焰灰熊出現在交戰區外的時候吹笛子通知大家。

雖然笛聲可能反而吸引熊過去，可是我們沒有多的戰力可以守在村子裡，也只能這麼做。

我急忙趕往交戰區，發現採集家跟對自身體力有點自信的村民已經聚集在那裡了。

這幾天有幫忙建造圍欄的艾莉絲小姐她們也已經到場。凱特小姐在建築物上舉著弓，艾莉絲小姐則跟採集家們一起待在圍欄前面。

我看到某幾個相對比較算熟人的人也在裡面，上前向他們搭話。

「安德烈先生，還有基爾先生跟葛雷先生。原來你們也有留在這裡啊？」

「那當然。我們可是從妳來這裡開店之前，就已經在這個村子待很長一段時間了。」

「對啊。而且都知道認識的人面臨危機了，我們哪敢夾著尾巴逃走呢。」

「尤其連妳這樣的小孩都這麼努力想要保護村子了，那我們就更不應該自顧自地跑掉。」

「呃，我是長得很嬌小沒錯，可是也已經成人了……不過，真的很謝謝你們願意留下來幫忙。」

我當面向三人道謝，隨後他們就露出很陽剛的笑容，像是要掩飾內心的害臊。

「妳用不著跟我們道謝。妳不也提供很多鍊藥給我們嗎？」

「這次開銷是有點多，但是只要順利度過這次危機，就可以回本了。」

因為不只需要一般外傷藥，還需要解毒藥，真的是一項大工程。

藥水本身是還好，最麻煩的還是製作瓶子。

我做了很多，多到等這次狂襲結束回收完大家的空瓶之後，會有好一陣子不需要做瓶子。

累死我了。

不過，我們已經做好所有我們能做的事前準備了。

雖然圍欄沒有百分之百完工，但是交戰區的圍欄做得很牢固，能裝水的容器也已經全部裝好水，方便應對火災。

小孩子跟女性都先到很堅固的建築物裡避難，就算真的被地獄焰灰熊闖進村子裡，也能撐住一段時間。

「喂喂喂，珊樂莎，留下來的可不只安德烈他們，還有我們喔。」

「是啊，而且我們可不像最近才來的那些軟腳蝦那麼軟弱！」

「只是也不知道能幫上多少忙就是了！哈哈哈！」

留下來的採集家大多是很資深的熟面孔。

雖然有些人實力沒有很強，但他們經驗老道，比新手還要讓人放心許多。

「沒問題！只要好好利用圍欄，跟其他人聯手攻擊一隻就能打倒牠們！大家一起加油吧！」

「「「好！」」」

我一鼓舞大家的士氣，就聽見周遭傳來很可靠的回答。

……奇怪？怎麼好像變成是我在指揮了？

明明我在這群人之中顯得只是一個小女孩……唔唔！這就是社會對鍊金術師有高度信任的體現嗎？這讓我滿有壓力的耶。

可是交給村長指揮也很讓人不放心。

我是很想交給賈斯帕先生或安德烈先生指揮，可是看來是來不及了。

我用偵察魔法確認情況，發現地獄焰灰熊正在沿著灑了魔晶石的路線前往這裡。
——等等，會不會有點太多了？有二十隻耶。
不過，現在也只能硬著頭皮上了。
「各位，牠們差不多要來了！請隨時提防牠們出現！」
過沒多久，地獄焰灰熊就開始從森林裡現身。
一開始只有一隻，後面又接連來了一隻、兩隻……
帶有火焰魔力的魔晶石就放在用堅固圍欄圍成半圓形的交戰區中央，但是敵方的注意力並不在魔晶石上，而是圍欄外面拿著武器的我們。
「喂喂喂……原來牠們那麼大隻喔……」
不知道是誰說出了這句話。
地獄焰灰熊的大小跟我前幾天打死的那隻差不了多少，不過還是比一般的熊大上很多。
在第一次看到牠的採集家——尤其是村民眼中，想必也顯得夠恐怖了。
地獄焰灰熊不曉得是不是有感受到我方散發出的微微恐懼，在最前面的那一隻發出「嘎嗷——！」咆嘯聲的同時，開始往圍牆衝撞過來。
糟了。
圍欄是沒有脆弱到被撞一次就會壞掉，可是怕到不敢攻擊牠們的話，之後一定會被牠們撞壞。

我現在能做的就是——先下手為強！

「『力彈』！」

我用魔法攻擊壓低頭部衝撞過來的地獄焰灰熊臉部。

魔法精準打在鼻子上。

地獄焰灰熊被打得抬起下巴，稍稍放慢了速度。

這可是不只能把一般成年男性打飛，還會骨折的魔法耶……

害我覺得有點小挫折。

我搞不好該練練攻擊魔法了。

不過，也要先解決眼前的危機再說。

我一口氣衝上前拔出劍，同時往地獄焰灰熊的脖子揮下。

劍劃過牠的頸部。

貨真價實的一刀兩斷。

師父送我的這把劍輕鬆砍下了牠的頭，甚至沒有感受到多少阻力。

分離的頭部跟軀體順著衝撞的力道在地上滾動，一直到撞上圍欄才停下來。

切口部分噴出大量鮮血。

「……哇喔。」

我有用魔力強化體能，卻還是不禁為有點意外的結果發出一聲驚呼。

呃，我本來就是想砍斷牠的頭沒錯，只是我沒想到會這麼輕鬆。

不愧是師父送我的劍，真是銳利得可怕。

不只是我方，連大批地獄焰灰熊也停下了動作。

「咳！咳咳！我們有能力打倒牠們！不要害怕，對牠們展開攻擊！」

我清了清喉嚨對大家喊話，採集家跟村民們這才像是突然回神一樣，開始丟擲石頭跟射箭。

一開始發動攻擊，敵方也跟著接連從森林裡冒出來。

雖然只有少部分攻擊有效，但只要能讓地獄焰灰熊多少停頓一下，就很有用了。

——啊，射得好準。那是凱特小姐射的吧？

箭很精準地射中了弱點。

有些箭還插在眼睛上……眼球可以賣到好價錢耶。

呃，我也知道先活下來比較重要啦。

有些敵人開始噴火，不過沾過水的圍欄不會輕易燒起來，沒有戰鬥能力的人也不斷往圍欄上潑水，所以目前還沒有太大的損傷。

「喂！好幾個人打一隻就可以打得贏！有誰不放心的就好好利用圍欄！」

安德烈先生大聲吆喝。

他跟基爾先生他們已經一起打倒了一隻。

我也很努力奮戰，只是我的體格造成攻擊範圍較小，加上敵人變多讓我可以行動的空間變少，還外加要支援感覺有危險的人，到現在還只多打倒了三隻。

而且我沒有成功像第一隻那樣讓地獄焰灰熊瞬間致死，就必須在牠斷氣之前閃躲揮舞的手臂，或是把牠推開，也消耗了不少體力。

我體力本來就撐不久耶！

再加上躺在地上的屍體會讓我不能隨心所欲地行動，導致我在打倒第五隻以後不得不撤退到圍欄後面。

「安德烈先生，情況怎麼樣？」

「不知道。我們才打倒兩隻——」

「已經打倒一半了！」

待在屋頂上的凱特小姐對我們說道。

我的身高沒辦法看清楚周遭的詳細狀況，所以很高興她能幫忙回報戰況。

「謝謝！目前為止還算順利。不過……」

「嗯，圍欄感覺快不行了。」

圍欄已經承受不少攻擊，前面還躺著不少屍體。

倒在圍欄前面的屍體相當礙事，變得很難在戰鬥中利用圍欄阻擋攻勢。

「如果做成兩層圍欄搞不好會比較好。」

「我們沒有時間多做一層。要是為了趕時間而偷工減料，這些圍欄早就壞了——」

砰磅——！

周遭瞬間傳來巨響，就好像安德烈先生的這番話變成了一種信號，而且還有許多四散的木頭碎片。

同一時間，艾莉絲小姐也被震飛到我們這裡。

聲響的源頭站著一隻格外巨大的地獄焰灰熊。

雙腳站立的牠身高足足有我的兩倍，手臂幾乎比我的腰還粗。

凱特小姐射出的箭飛向牠，不過牠手臂一揮，就輕輕鬆鬆地把那支箭當成小樹枝彈開。

「抱歉！我們沒壓制住牠！」

「艾莉絲小姐，妳的劍……」

「嗯，剛才被牠打斷了。」

艾莉絲小姐當時在森林裡撿回來的劍，最前面三分之一已經斷裂了。

而且艾莉絲小姐身上的鎧甲跟衣服也出現很多裂縫。

我有預先給她相當多的鍊藥，所以她看起來毫髮無傷，只是沾附在身上的血跡也在在顯示剛才打得有多激烈。

「這傢伙是這一大群熊的老大嗎？」

「看來是。光靠我們三個打不贏啊。」

「大家一起對付牠吧。」

「我……我也要幫忙！——啊，我的劍……」

「這個拿去用。是我備用的劍。」

「感激不盡！」

我們請其他人先退後，五個人——也就是安德烈先生他們三個跟我，還有借用安德烈先生備用的劍的艾莉絲小姐一起圍住地獄焰灰熊的老大。

熊老大也停下動作提防我們，就這麼跟我們相互瞪視。

嗶、嗶、嗶！

此時，我們忽然聽見了笛聲。

有三次。這是通知我們有地獄焰灰熊從其他地方入侵的聲音。

「——！安德烈先生，你們有辦法過去支援嗎？」

「我們離開這裡沒關係嗎？」

「好像只有你們能穩定打贏地獄焰灰熊，而且我現在離開這裡……可能會出事。」

熊老大不知道是不是有看到我一開始一劍打倒一隻，感覺牠的注意力絕大部分都在我身上。

甚至很可能我離開這裡的話，牠還會跑來追殺我。

「看來是。我知道了，我們會盡快回來！喂，你們可別讓珊樂莎受傷了喔！」

「「好！」」

其他採集家們用粗獷的嗓音回應安德烈先生。

其實他們隨便插手幫忙反而還有點危險。

「我希望各位幫忙避免其他敵人過來就好。」

「你們都聽到了吧！別讓其他敵人靠過來！」

說完，安德烈先生他們就奔往笛聲傳來的方向。

幸好熊老大在他們離開之後依然沒有動作，繼續凝視著我。

「艾莉絲小姐也去其他地方幫忙吧。不能靠人數壓制反而危險。」

「……好。」

艾莉絲小姐聽我這麼說先是陷入短暫沉默，才一臉不甘心地答應，並緩緩離開我身旁。

大概是因為只剩下我一個人跟熊老大當面對峙，牠開始想要採取行動了。我也漸漸退往其他人在的反方向，拉開距離。

熊老大不知道是不是對我這種舉動感到煩躁，突然大大張開了嘴巴。
牠想要吐火。
在某些狀況下遇到地獄焰灰熊吐火會很危險，不過一對一就還有辦法應付。
「『水球』！」
跟我的頭差不多大的水球快速灌進牠張大的嘴巴當中。
「咕嘎！」
從嘴巴逆流而上的水從熊老大的鼻孔流出來，讓牠發出痛苦叫聲。
我趁隙衝上前，揮動手中的劍——但砍得不夠深。
我劃開了牠四隻手左下方那一條手臂的一半，卻沒有砍中身體。
本來其實是想攻擊牠的頸部，可惜牠脖子的高度比我的頭高上太多了。
牠如果願意低下頭衝過來還勉強能砍到，可是不知道是不是牠還記得被我砍死的第一隻地獄焰灰熊是怎麼死的，就算現在手臂已經被砍傷，還是不肯把頭壓低。
看來現在不是可以輕鬆想著要留材料的時候了。
即使我手上的劍夠銳利，我應該還是只要被牠粗壯的手臂打中一下，就死定了。
因為體力耗盡而沒辦法繼續用體能強化，也是死定了。
唯一值得欣慰的是其他人很努力在阻攔敵人，讓我不會中途受到干擾。

「——！」

熊老大展開行動。

牠把手臂舉高到比我的頭還要高上非常多的位置，接著朝我揮下來。

我迅速躲開牠的手臂，牠尖銳的爪子就這麼插進地面，讓地面像是發生爆炸一樣發出「轟」的聲響，震飛了土壤跟石頭。

被石頭打中身體的我不禁痛得皺起眉頭，同時衝到牠身前，拿劍往上揮砍。

熊老大打算抽回手臂，但為時已晚。

我成功砍斷牠右上的手，使牠一條跟小孩子身體差不多大的手臂沉沉墜落在地。

「咕嗷嗷嗷嗷！」

牠這聲吼叫不知道是源於憤怒，還是劇痛。

熊老大彎起身軀，只剩下一半長度的手臂不斷噴出鮮血。

這下牠就只剩下兩條手臂了。

攻擊力也只剩下一半？

不對，考慮到牠的出血量，搞不好只剩一半不到。

但我不會大意。

在確定牠喪命之前，我還是有可能被牠打中。我一樣只要被牠打中，就會一發斃命。

早知道就應該先準備一些有用的防具。
只是也來不及了。
我現在要想辦法活下去，才能把這次經驗活用在下一次。
我稍微退開，跟正在掙扎的熊老大保持距離，並連續使出魔法攻擊牠。
「『力彈』！『力彈』！」
牠不肯倒下來的話，我也會因為無法彌補的體格差距問題，而很難對牠造成致命傷。
熊老大的鼻子吃上兩發力道相當強烈的「力彈」，第一發讓牠抬起下巴，第二發讓牠大大往後傾。
我趁這個瞬間衝到牠面前。
攻擊牠現在毫無防備的腳。
徹底砍斷牠的左腳跟一半的右腳之後，我再次跟牠拉開一大段距離。
碰磅！
地獄焰灰熊的老大往後躺到地上，發出沉沉聲響。
牠被砍掉一整條手臂跟一整隻腳，還有一隻手跟一隻腳只被砍斷一半。
傷口噴出的血量非常可觀，周遭很快就化成一片血池，熊老大的動作也逐漸變得遲鈍。
「呼！呼！呼……」

我目不轉睛地看著牠，同時用雙手支撐著快要撐不住的膝蓋，再拿出腰包裡用來恢復體力的鍊藥來喝。

嗯。好難喝。

是不到喝不下肚，只是很累的時候還是喝甜的比較舒爽。

如果把這種鍊藥的味道調整得很好喝，搞不好會大賣。

從使用者的角度出發就是這種感覺吧。

我感覺體力逐漸恢復，並在確定熊老大不再動彈以後吐了口氣，環望周遭。

這場戰鬥還沒結束。

大家會三四個人一起對付一隻，目前是還沒有人受到致命傷，但是好像也有幾個人先撤退了。

鍊藥可以治療傷口，可是不會順便恢復體力。而且因為材料的問題，我沒有發很多恢復體力的鍊藥給他們。

「總之先利用偷襲減少牠們的數量——」

嗶！嗶！嗶！

「又來了？而且這次是——！」

是從我家的方向傳來的。

雖然賈斯帕先生家也在附近，不過賈斯帕先生跟耶爾茲女士都在這裡支援大家。也就是說，現在人還在我家那一帶的只有——

「蘿蕾雅！」

「店長小姐！妳快點過去吧！」

「可是！」

「店長閣下，剩下的我們會想辦法處理！」

「當然！這點小事都幫不上還算什麼男人呢！對吧！」

「對啊！」

賈斯帕先生回應艾莉絲小姐的話，其他採集家也出聲喊道。

「——那就拜託你們了！」

我穿過地上地獄焰灰熊屍體之間的空隙，往自己家的方向奔跑。

我本來就有料到可能會有幾隻脫隊闖進村子裡，但竟然會衝去我家。

畢竟我家背對著森林，其實我也不是完全沒考慮到這個可能性——

我沿著森林邊緣跑回村子，從耶爾茲女士家背面那一側前往我家後方。

「——啊！」

不久前才請蓋貝爾克先生他們蓋的新圍牆——

背面原本有一扇方便出入的門，現在卻殘破不堪地倒在地上，只剩下巨大的爪痕跟碎片。
周遭圍牆也有遭到破壞的痕跡。
「可惡，我還特地請人家幫我蓋的耶！」
我連忙走進後院，發現裡面的景象更是慘不忍睹。
我努力培養的藥草田。還有那些本來是自然生長，之後被我收集起來的昂貴藥草。
這些藥草全被狠狠踐踏，很明顯都報銷了。
而凶手正是破壞我家後門，還把頭探進室內的兩隻地獄焰灰熊。
牠們似乎想把自己硬擠進狹小的門口，連後門周圍的牆壁都因此破損。
「我的家……」

——我要殺爆這些熊。

我當時的速度說不定創下了自己的新紀錄。
我砍掉兩隻熊加起來總共四隻的後腳，抓起其中一隻背後的毛皮把牠扔出去，再砍斷牠的頭。
接著又狠狠踹了另一隻的腹部一腳，一樣在牠懸空的時候把頭砍斷。

然後直接把牠們揍飛到室外。
「蘿蕾雅，妳還好嗎？」
「珊樂莎小姐！我沒有怎麼樣。」
我衝進慘遭破壞的廚房大聲呼喚，就聽見二樓傳來蘿蕾雅聽起來很有精神的回答。
聽到她的聲音，我也鬆了一口氣。
「蘿蕾雅，來這邊的只有兩隻嗎？」
「對！我看得到的範圍內是只有兩隻。」
「好。妳再繼續待在那邊一下！」
「知道了～」
我喝下另一瓶用來恢復體力的鍊藥，再次奔向屋外巡視村子裡的情況。
不過，或許該說是不幸中的大幸——我離開自己家的時候，地獄焰灰熊早已全數遭到擊殺，
讓我最後這段奮力巡視完全只是白費力氣。

Alchemy Item Catalog

No 002

鍊金術大全：記載於第四集

製作難度：困難

一般定價：500,000雷亞以上

〈共音箱〉

分隔兩地的情侶無法跟對方說上話，卻也沒辦法常常寫信給彼此……這種時候，這個鍊器就會成為小倆口的救世主。這個箱子可以讓雙方即時對話，彷彿對方就近在自己身邊。只要好好運用它，就能夠讓寂寞的夜晚瞬間變為兩人獨處的甜蜜時光。※可以使用的距離依使用者的魔力而定。

epilogue

尾聲

「唔唔～蘿蕾雅，幫我拿水～～」

「好、好。妳等我一下。」

村民與採集家合力擊退地獄焰灰熊的隔天，全村只有我一個人癱軟在床上。

其實也不是因為我受傷了。

只是單純的肌肉痠痛。

但卻是全身上下毫無死角的肌肉痠痛。

超級痛苦。

我的確是從頭到尾都很拚命，不過造成痠痛的最大原因絕對是最後那兩隻。

當時我硬是用龐大魔力施展我身體負擔不起的體能強化。

結果就變成這樣了。

由於成因比較特殊，導致我沒辦法用一般的鍊藥治療，可是特地用掉能夠治療這種痠痛的昂貴鍊藥又太浪費。

所以才會變現在這樣。

我有先把地獄焰灰熊某幾個需要盡早摘取的材料全部摘好才回來休息。處理完的當下已經全身痛到不行，真的差點就要在途中倒地不起。

我完全是靠毅力撐到最後的！

畢竟要是沒有把這些材料處理好，也會影響到重建資金跟分配給這次有幫忙的人的報酬。

——對，重建。

我們成功把大多數地獄焰灰熊集中在一個地方擊殺，但是安德烈先生他們當時回來村子支援的時候，遇到了三隻地獄焰灰熊。

安德烈先生他們利用原本用來出借給採集家的空屋，勉強只靠他們三個就打贏了三隻熊，相對的，造成的損害也不小。有幾間房子的牆壁毀損，一間房子半毀，還有一間房子被燒成焦炭。

不過，實際上受害最嚴重的是我家。

如果只有圍牆倒還好，但是我的高級藥草田被踩得一團亂，後門的門跟牆壁也被熊弄壞。

其中最麻煩的就是被弄壞牆壁。

我家有用「刻印」，而修理有運用刻印的牆壁跟普通牆壁要花的費用，簡直天差地別……

大家討論的結果是要用村子的資金修理被弄壞牆壁的幾間房子跟我家，只是我也不能讓他們負擔全額，所以搞不好這次還是虧本了。

順帶一提，地獄焰灰熊會來我家，大概是因為我之前在家裡做用來吸引牠們的魔晶石。

我有把所有魔晶石都拿去外面，沒有在家裡留下半顆，但是我是把魔晶石弄得很碎才搬出去，在途中——也就是後門到後院、圍牆門、往森林的路上掉了一些碎屑，也很難說。也就是說……嗯，是我的疏忽。雖然我也不知道實際上是不是碎屑吸引到熊。

「珊樂莎小姐，讓妳久等了。」

「謝謝～唔唔，好痛……」

「啊，我來扶妳。」

我一想要坐起來喝蘿蕾雅幫我拿來的水，就感覺全身竄過一陣像是抽筋的疼痛。

隨後蘿蕾雅就坐到床上扶著我，讓我可以起身。

「抱歉還要麻煩妳。」

「小事而已，妳不用放在心上。而且沒有珊樂莎小姐的話，我們村子就不會得救了。」

「能得救是因為大家都很努力保護村莊啊。而且我覺得也是村子裡的大家平常都對採集家很好，他們才會留下來幫忙，」

安德烈先生他們並不是定居在這裡，所以他們沒必要勉強自己留下來保護村莊，就算跟其他採集家一樣出於不想面對危險而離開，也沒道理遭到譴責。

他們會留下來應該是不想對村子裡的大家見死不救，而我猜他們會有這樣的想法，可能是拜村民們一直以來的和善對待所賜。

我會想奮力保護這個村子，也是因為有蘿蕾雅他們在。

「妳當時應該也很害怕吧？」

「有一點。但是珊樂莎小姐馬上就趕回來了，再加上這間房子的牆壁很牢固，是不至於太害怕。」

「因為這間房子有『刻印』。光憑人類的力氣根本打不壞這裡的牆。」

不過，它還是撐不過地獄焰灰熊的蠻力。

看牠手臂那麼粗壯，也難怪啦。

「不過，沒有半個人受重傷就真的是珊樂莎小姐的功勞了。我聽說有好幾個人都是沒有妳給他們的鍊藥的話，早就沒命了。」

「啊～畢竟當時很努力做了一堆鍊藥嘛。嗯。而且還找妳來幫我的忙。」

我犧牲自己的睡眠製作了一大批鍊藥。

尤其中毒一定要用鍊藥治療，我真的很慶幸事前有時間做好準備。

我發給大家不少鍊藥，才得以讓這次事件以無人傷亡收場。

身上有留下一點傷勢的人後來也用鍊藥治好了，大概只有我一個人到現在還動彈不得。

說來還真有點沒出息。

但這也是沒辦法。畢竟我的工作算是以動腦為主嘛。

我再次藉著蘿蕾雅的攙扶躺到床上。

「呼……被年紀比自己小的人這樣貼身照顧其實有點難為情呢。」

「妳用不著介意——」

「那照顧妳的工作就交給我來吧！」

本來應該跟村民一起在收拾殘局的艾莉絲小姐大力打開門，衝進來對我這麼說。

現在的她可說是精神百倍，一點都不誇張。

完全不像幾天前還差點送命的人。

明明昨天大家應該都消耗了不少體力，她卻已經這麼有精神了。

「艾莉絲小姐，妳事情都處理完了嗎？」

「唔！是……是啊。」

蘿蕾雅問完，艾莉絲小姐先是稍稍把視線撇向一旁才開口回答，卻馬上被接著進門的凱特小姐否定。

「還說什麼『是啊』。她是因為笨手笨腳，才被趕回來。」

「唔唔……這我也沒辦法啊。我就是很不擅長做那種細膩的事情。」

被凱特小姐揭穿真相的艾莉絲小姐微微噘起嘴唇，看起來像在鬧彆扭。

聽說她剛才是在幫忙肢解地獄焰灰熊。

大家好像今天一大早就開始在整理已經不需要的圍欄跟損壞的房子，而沒多久之後接著處理的就是地獄焰灰熊的肢解工程。

地獄焰灰熊不只體型巨大，要處理的數量也很多。

我們前前後後加起來總共打倒了二十八隻。

聽說所有村民都在獵人賈斯帕先生的帶領之下，取下熊的毛皮跟肉。

艾莉絲小姐好像也有加入他們的行列……不過凱特小姐說他們覺得「給艾莉絲小姐來弄會變得不值錢」，就把她趕回來了。

也是啦，畢竟剝皮也滿需要技巧的。

有的人無法剝得很漂亮也是沒辦法嘛。

「妳還說我，妳不也回來了嗎？」

「我是事情都處理完了才會回來。」

順帶一提，凱特小姐剛才好像是在幫忙醃漬熊的肉。

只是好像因為用來醃漬的桶子的問題，才會先暫停。

不知道地獄焰灰熊的肉在食材方面上有多少價值？

牠的肉不能用來當鍊金材料，所以我不太清楚。

「凱特小姐，昨天辛苦妳了。妳的弓術比我想像的還要更高超，而且我也很感謝妳幫忙在高處掌控整體情況。」

「畢竟這次有事前知道牠們會來，還有找到適合狙擊的地方。艾莉絲被攻擊那一次也是只要那兩個傢伙沒有一直講廢話，就不會被熊偷襲了……」

「哈哈哈……那還真慘。」

「就是說啊。不過，他們大概不會再回來了。倒是這次應該也弄傷不少本來可以賣錢的部位吧？」

「這也沒辦法，畢竟還是要以打倒牠們為優先。」

要是因為刻意避開弱點而害死自己，就本末倒置了。

到時候根本連賺都沒得賺。

「艾莉絲小姐這樣應該算是成功雪恥了吧？」

「算是吧。雖然沒有獨力打倒一隻是有點可惜，但我跟大家一起打倒了好幾隻！……只是我的劍也因為這樣報銷了。嗚嗚嗚……」

艾莉絲小姐一開始還得意洋洋地挺起胸膛，不過大概是想起了她壞掉的那把劍，又突然沮喪起來。

她在這場戰鬥結束之後有把劍斷掉的前端清洗乾淨再帶回來，那把劍說不定對她有什麼特別的意義。

「別這麼沮喪嘛，艾莉絲。反正我們這次有領到報酬，可以再買新的劍啊。」

「是沒錯！可是這把劍是我——」
「一直執著一把已經斷掉的劍也不能怎麼樣不是嗎？還是妳要把斷掉的劍修好繼續用？」
凱特小姐聳聳肩，像是在表達「怎麼可能修好繼續用」，讓艾莉絲小姐一臉氣憤。
「我當然也知道很難把劍修好啊。」
「所以妳應該知道怎麼辦了吧？反正那把劍本來就沒有多昂貴。」
「唔，我當然知道。可是妳也不必用這種口氣說話吧？」
「妳們兩個別吵了！珊樂莎小姐現在很累，需要休息，請不要在這裡大吵大鬧！」
「可是！」
艾莉絲小姐，妳不是要來照顧我的嗎？
而且其實我也不介意啦。
雖然是有點吵，但至少現在這樣熱熱鬧鬧的，也總比一個人孤伶伶地躺在床上好太多了。
——嗯，我當初選擇來這個村子可能是對的。
我就這麼在她們三個吵鬧的談話聲之中，鑽進可以讓痠痛不已的身體好好休息的被窩裡。

後記

我叫作いつきみずほ，很高興認識大家。

也很感謝曾經閱讀我其他作品或網頁版小說的各位讀者一直以來的支持，讓我有這個機會出版第二本書。

書籍版的本作有特別多加不少蘿蕾雅的可愛成分，讓曾經看過網頁版的讀者們也能夠有新奇體驗。超級大放送。

最主要是插畫。

真的很感謝ふーみ老師這麼精美的角色設計！

當然內文也多了不少可愛成分，如果覺得不夠，還請各位搭配插畫自行想像看看。

這很考驗你的想像力喔。

相對的，不可愛的成分就砍半了。

最主要是（一些跟性別刻板印象有關的地方，就不明言了）的部分。

還有一個跟網頁版差很多的，是艾莉絲的外貌在書籍版插畫上有稍微改良。
真的很感謝ふーみ老師這麼精美的角色設計！
順帶一提，有改的地方是髮色。
……咦？大家都沒發現？
嗯，畢竟真的很少提到她的髮色嘛。
可能要一直都有在閱讀的時候想像故事畫面的人，才比較容易發現。
沒關係。
可以自由想像的空間很大，就是小說的優點嘛。

總覺得我好像一直在提插畫耶。
內文，來講講內文吧。
真要特地講的話，就是主角珊樂莎吧。
她以幾乎等同是第一名的成績從國內最厲害的學校畢業，在各個方面上都很優秀，卻也不是無所不能。
珊樂莎基本上是努力型的天才，能有這麼傑出的表現都是多虧良好的教育環境，還有她個人的努力。

不過她的知識的確比沒有去學校的人豐富非常多，戰鬥技巧也比他們強。
有沒有學習資源真的差很多呢！
珊樂莎會運用借閱教科書的制度學習就讀學校需要的知識，但其實不是住在大都市的人也能借閱。
只是一定要透過鍊金術師借書，所以像約克村這種沒有鍊金術師在的地方就……
每個地方的資源差異真的很關鍵呢！
如果蘿蕾雅住在王都，搞不好就有機會去學校了。
最後，我想向插畫家ふーみ老師、編輯大人、努力完成本書出版程序的所有相關人士，以及購買本書的各位讀者致上感謝之意。
幸虧有各位的大力協助，本書才能夠順利問世。
那麼，希望我們下一集有機會再相見了。

いつきみずほ

Special Short Story

［特別加筆短篇］

蘿蕾雅的健康檢查

蘿蕾雅在浴室昏倒的隔天。

「奇怪……？我怎麼……這裡是哪裡？」

在床上清醒過來的蘿蕾雅有一瞬間不知道自己待在什麼地方。

她在連忙坐起身的途中看見一旁最近剛成為朋友的人的臉，又放心地躺回床上。

「啊，對。我昨天晚上在浴室……啊！」

蘿蕾雅一回想到這裡，就著急地掀開被子，往身上看去……

「太好了，有穿著衣服。」

她的記憶只到進去浴室的那一刻。

也記得之後有被人抱著，但再之後就完全沒印象了。

「……應該也只可能是珊樂莎小姐帶我來這裡，還幫我穿上衣服吧。」

雖然彼此是同性，而且只是單純被看到裸體倒還好，可是這次是被才剛認識不久的人幫忙擦乾身體，還幫忙穿上衣服。她一想到這裡就難掩湧上心頭的少許害臊，紅著臉頰鑽進被單裡面。

「唔唔……沒想到會暈過去……原來洗澡這麼危險。」

因為是第一次洗澡，蘿蕾雅無法分辨出她暈倒的真正原因。實際上她會暈過去，完全是出於珊樂莎的一時疏忽。

假如洗澡水用的是一般的水，還不習慣洗澡的蘿蕾雅也不至於那麼快就泡澡泡到暈倒。

「可是泡澡好舒服……感覺皮膚也變漂亮了。」

蘿蕾雅只曾經在夏天淋水，冬天用布擦身體，所以她認為用大量熱水清洗身體，甚至泡在一大盆水裡是非常奢侈的行為。

這讓她再次對能夠把洗澡視為理所當然的珊樂莎懷抱起一股尊敬。

「珊樂莎小姐真的好厲害。明明只大我兩歲……不知道我兩年以後會在做什麼？」

蘿蕾雅對服飾這方面很有興趣，只是她也不曾考慮過要去鎮上開裁縫店，或是在村子裡開服裝店。

她好歹也是商人夫婦的女兒。就算還沒成年，她也知道自己開店並不是什麼實際的選擇。

所以珊樂莎在她眼中可說是一個人生經驗比自己多上太多的前輩。

珊樂莎用心學會少見的技術，靠自己的力量隻身前來沒有任何熟人在的遙遠村莊開店。

自己究竟可以在短短兩年時間內，接近她這種境界多少步呢……

「我的話，應該就是跟村子裡的人結婚，繼承雜貨店……假設會繼承好了，頂多再把自己出於興趣做的衣服擺在雜貨店裡賣吧。」

她不只無法靠自己開店，甚至很難好好繼承父母的雜貨店。

蘿蕾雅想了想，不禁小小嘆了口氣。

「唉，明明她乍看還會誤以為年紀比我小……」

珊樂莎的長相是不到充滿稚氣，但是很符合她這個年齡的印象。

體格偏嬌小，胸部也不大，完全不會顯得成熟。

而蘿蕾雅則是發育得很好，兩個人站在一起會有點難判斷誰比較年長。

「她的確是長得很可愛，皮膚靠這麼近看也還是很漂亮……她畢竟是鍊金術師，是有用什麼保養皮膚的鍊藥嗎？不知道我的零用錢買不買得起？」

蘿蕾雅看珊樂莎還在睡，就趁機輪流摸起自己跟珊樂莎的臉頰，比較觸感。

珊樂莎的臉在被蘿蕾雅輕輕碰到臉頰時稍微動了一下，像是覺得很癢，但沒有更大的反應。

而且鍊金術師不像日出而作，日落而息的農村居民，他們晚上常常會用魔法製造光源，在照明之下繼續長時間的鍊製作業。所以他們經常晚睡晚起，甚至熬夜到天亮，也有不少人的生活作息非常混亂。

不久前還在學校就讀的珊樂莎作息相對正常，不過現在有很多事情容易讓她累積疲勞。比如近期的環境變化，還有開店準備等等……真要說的話，可說是不勝枚舉。

她會睡得這麼沉並不是什麼怪事。

「頭髮也好柔順……是因為有常常洗澡嗎？」

看珊樂莎還沒醒來，蘿蕾雅更加大膽地摸起她的頭髮，享受髮絲的舒適觸感。

自從認識珊樂莎的那一天起，蘿蕾雅就一直很崇拜她給人的脫俗印象，當然也很羨慕珊樂莎的髮質。

雖然蘿蕾雅昨天有仔細洗過的頭髮現在摸起來也很柔順，卻依然比珊樂莎頭髮的觸感差，讓她有點沮喪。

「睫毛好長，鼻梁也好挺……珊樂莎小姐的長相就算靠這麼近看，還是會覺得好端正。」

不曉得珊樂莎是不是感覺到自己被人近距離凝視，突然皺起了眉頭，表情也略顯不快，不過蘿蕾雅還不打算結束這段觀察。

「胸部……搞不好有比她大？雖然我也不太記得昨天發生什麼事了……」

跟村子裡其他小孩相比起來，蘿蕾雅的胸部並不算特別大。她努力回想昨天一起泡澡的情景，手摸著自己的胸部，陷入沉思。

「我自己是沒有想要長到很大，可是多少有一點，應該會比較有成熟女人的感覺吧。」

蘿蕾雅捏了捏自己的胸部，再鑽進被單裡面觀察珊樂莎的胸部。

「——看不出來。」

珊樂莎現在是仰躺在床上，而且穿著鬆垮的睡衣。

她的胸部並沒有大到可以在這種狀態下看出大小。

「借我摸一下……」

蘿蕾雅輕輕把手放上她的胸部。

右手摸著自己的，左手摸著珊樂莎的。

「感覺……我的比較大一點？但是摸起來一樣很軟。」

她摸了一陣子以後「嗯」地一聲，點了點頭，大概是覺得心滿意足了。接著她又鑽出被單，探頭呼吸外面的新鮮空氣。

然後就這麼跟一道視線四目相交。

視線來自已經徹底睜開眼睛的珊樂莎。

「啊……那……那個……早……早安，珊樂莎小姐。」

「嗯，早安。妳剛才在做什麼呢？」

「…………健……健康檢查？」

一段漫長的沉默後，冷汗直流的蘿蕾雅才好不容易擠出這句回答，讓珊樂莎嘆了口氣。

「需要健康檢查的，反而是昨天昏倒的妳吧？」

「啊……啊唔……」

「算了，妳現在這個年紀應該會很在意自己跟別人的差異吧？我是不會多過問什麼啦。」

珊樂莎在校時期也會在洗澡的時候觀察其他同學跟自己的差異，弄得自己心情時好時壞的。

所以她決定懷著寬容的心，原諒蘿蕾雅的可疑行徑。

「對……對不起……」

珊樂莎在聽到她一臉尷尬地道歉之後點點頭，並伸手碰觸蘿蕾雅的臉頰，觀察她的氣色。

「蘿蕾雅，妳有覺得哪裡不舒服嗎？雖然妳暈倒的原因比較特殊，應該已經沒問題了。」

「嗯，我現在沒有覺得不舒服——不過，妳說的原因是什麼？」

「啊～因為昨天的洗澡水是我用魔法弄出來的……不習慣的人泡在含有魔力的水裡面太久會頭暈。其實那些水裡的魔力只要過一段時間就會散掉……抱歉，是我太不小心了。」

「原來如此。我第一次暈成這樣，是有嚇了一跳，不過現在已經沒事了。而且我暈倒之後好像給妳添了不少麻煩。」

「畢竟是我害的，妳不需要這麼愧疚。我以後會好好注意，下次妳想洗澡再跟我說一聲——啊，我們一起洗的話，妳也看得到我的裸體喔。」

「不……不是啦～我才不是喜歡看女生的裸體！」

看到蘿蕾雅著急否認，珊樂莎先是發出「呵呵呵」的開心笑聲，才又多補充了一句：

「對了，其實真的有運用鍊金術的化妝品，不過我沒有特地用那些保養皮膚。」

「咦咦！珊……珊樂莎小姐～！」

她這句話所代表的事實，讓蘿蕾雅發出了一聲哀號。

怕痛的我，把防禦力點滿就對了 1~13 待續

Kadokawa Fantastic Novels

作者：夕蜜柑　插畫：狐印

分成兩大勢力的對抗戰即將開打！
強得亂七八糟的【大楓樹】將情歸何處!?

第九階地區的亮點，是在兩個王國間選邊站的大型ＰＶＰ！各公會不停蒐集情報以決策同盟或敵對，其中最受關注的當然是【大楓樹】選擇哪個陣營。梅普露自己也會和勁敵們交換資訊，並受到【聖劍集結】的邀請，有好多事要傷腦筋……

各 **NT$200~230/HK$60~77**

國家圖書館出版品預行編目資料

菜鳥鍊金術師開店營業中．1，得到一間店！/ いつきみずほ作；蒼貓譯．-- 初版．-- 臺北市：臺灣角川股份有限公司，2022.10

面；　公分．-- (Kadokawa fantastic novels)

譯自：新米錬金術師の店舗経営．1，店を手に入れた！

ISBN 978-626-321-885-7(平裝)

861.57　　111013244

Kadokawa Fantastic Novels

菜鳥鍊金術師開店營業中 1
得到一間店！

（原著名：新米錬金術師の店舗経営01 お店を手に入れた！）

2022年10月24日　初版第1刷發行

作　者：いつきみずほ
插　畫：ふーみ
譯　者：蒼貓
發行人：岩崎剛人
總編輯：蔡佩芬
編　輯：黎夢萍
美術設計：李思穎
印　務：李明修（主任）、張加恩（主任）、張凱棋
發行所：台灣角川股份有限公司
地　址：104台北市中山區松江路223號3樓
電　話：（02）2515-3000
傳　真：（02）2515-0033
網　址：www.kadokawa.com.tw
劃撥帳戶：台灣角川股份有限公司
劃撥帳號：19487412
法律顧問：有澤法律事務所
製　版：巨茂科技印刷有限公司
ISBN：978-626-321-885-7